Diogenes Taschenbuch 23734

de
te
be

Johann Peter Hebel

Unverhofftes Wiedersehen

und andere Geschichten aus dem Schatzkästlein des rheinischen Hausfreundes

Diogenes

Die vorliegende Ausgabe basiert auf
›Johann Peter Hebel, Werke in drei Bänden‹,
herausgegeben von Otto Kleiber
mit Zeichnungen von Felix Hoffmann,
Band II ›Erzählungen und Aufsätze
des Rheinischen Hausfreundes‹
Birkhäuser Verlag, Basel und Stuttgart, 1959
Ausgewählt von Winfried Stephan
Umschlagillustration aus
Peter Hebel ›Schatzkästlein
des rheinischen Hausfreundes‹,
Ausgabe von 1859, Holzschnitt, koloriert

Veröffentlicht als Diogenes Taschenbuch, 2009

Diogenes Verlag AG Zürich
www.diogenes.ch
30/09/8/1
ISBN 978 3 257 23734 4

Inhalt

Kindesdank und -undank

Man findet gar oft, wenn man ein wenig aufmerksam ist, daß Menschen im Alter von ihren Kindern wieder ebenso behandelt werden, wie sie einst ihre alten und kraftlosen Eltern behandelt haben. Es geht auch begreiflich zu. Die Kinder lernen's von den Eltern; sie sehen's und hören's nicht anders und folgen dem Beispiel. So wird es auf die natürlichsten und sichersten Wege wahr, was gesagt wird und geschrieben ist, daß der Eltern Segen und Fluch auf den Kindern ruhe und sie nicht verfehle.

Man hat darüber unter andern zwei Erzählungen, von denen die erste Nachahmung und die zweite große Beherzigung verdient.

Ein Fürst traf auf einem Spazierritt einen fleißigen und frohen Landmann an dem Ackergeschäft an und ließ sich mit ihm in ein Gespräch ein. Nach einigen Fragen erfuhr er, daß der Acker nicht sein Eigentum sei, sondern daß er als Taglöhner täglich um 15 kr. arbeite. Der Fürst, der für sein schweres Regierungsgeschäft freilich mehr Geld brauchte und zu verzehren hatte, konnte es in der Geschwindigkeit nicht ausrechnen, wie es möglich sei, täglich mit 15 kr. auszukommen und dabei noch so frohen Mutes zu sein, und verwunderte sich darüber. Aber der brave Mann im Zwilchrock erwiderte ihm: »Es wäre mir übel gefehlt, wenn ich *so viel* brauchte. Mir muß ein Dritteil davon genügen; mit einem Dritteil zahle ich meine Schulden ab und den übrigen Dritteil lege ich auf Kapitalien an.« Das war dem guten Fürsten ein neues Rätsel. Aber der fröhliche Landmann fuhr fort und sagte: »Ich teile meinen Verdienst mit meinen alten Eltern, die nicht mehr arbeiten können, und mit meinen Kindern, die es erst lernen müssen; jenen vergelte ich die Liebe, die sie mir in meiner Kindheit erwiesen haben, und von diesen hoffe ich, daß sie mich einst in meinem müden Alter auch nicht verlassen werden.« War das nicht artig gesagt und noch schöner und edler gedacht und gehandelt? Der Fürst belohnte die Rechtschaffenheit des wackern Mannes, sorgte für seine Söhne, und der Segen, den ihm seine sterbenden Eltern gaben, wurde ihm im Alter von seinen dankbaren Kindern durch Liebe und Unterstützung redlich entrichtet.

Aber ein anderer ging mit seinem Vater, welcher durch Alter und Kränklichkeit freilich wunderlich geworden war, so übel um, daß dieser wünschte, in ein Armenspital gebracht zu werden, das im nämlichen Orte war. Dort hoffte er wenigstens, bei dürftiger Pflege von den Vorwürfen frei zu werden, die ihm daheim die letzten Tage seines Lebens verbitterten. Das war dem undankbaren Sohn ein willkommenes Wort. Ehe die Sonne hinter den Bergen hinabging, war dem armen alten Greis sein Wunsch erfüllt. Aber er fand im Spital auch nicht alles, wie er es wünschte. Wenigstens ließ er seinen Sohn nach einiger Zeit bitten, ihm die letzte Wohltat zu erweisen und ihm ein paar Leinentücher zu schicken, damit er nicht alle Nacht auf bloßem Stroh schlafen müsse. Der Sohn suchte die zwei schlechtesten, die er hatte, heraus und befahl seinem zehnjährigen Kind, sie dem alten Murrkopf ins Spital zu bringen. Aber mit Verwunderung bemerkte er, daß der kleine Knabe vor der Tür eines dieser Tücher in einen Winkel verbarg und folglich dem *Großvater* nur eines davon brachte. »Warum hast du das getan?« fragte er den Jungen bei seiner Zurückkunft. – »Zur Aushilfe für die Zukunft«, erwiderte dieser kalt und bösherzig, »wenn ich Euch, o Vater! auch einmal in das *Spital* schicken werde.«

Was lernen wir daraus? – Ehre Vater und Mutter, auf daß es dir wohlgehe.

Das wohlfeile Mittagessen

Es ist ein altes Sprichwort: Wer andern eine Grube gräbt, fällt selber darein. – Aber der Löwenwirt in einem gewissen Städtlein war schon vorher darin. Zu diesem kam ein wohlgekleideter Gast. Kurz und protzig verlangte er für *sein* Geld eine gute Fleischsuppe. Hierauf forderte er auch ein Stück Rindfleisch und ein Gemüse, für sein Geld. Der Wirt fragte ganz höflich, ob ihm nicht auch ein Glas Wein beliebe. – »O freilich ja«, erwiderte der Gast, »wenn ich etwas Gutes haben kann für mein Geld.« Nachdem er sich alles wohl hatte schmecken lassen, zog er einen abgeschliffenen Sechser aus der Tasche und sagte: »Hier, Herr Wirt, ist *mein* Geld.« Der Wirt sagte: »Was soll das heißen? Seid Ihr mir nicht einen Taler schuldig?« Der Gast erwiderte: »Ich habe für keinen Taler Speise von Euch verlangt, sondern für *mein Geld.* Hier ist *mein Geld.* Mehr hab' ich nicht. Habt Ihr mir zuviel dafür gegeben, so ist's Eure Schuld.« – Dieser Einfall war eigentlich nicht weit her. Es gehörte nur Unverschämtheit dazu und ein unbekümmertes Gemüt, wie es am Ende ablaufen werde. Aber das Beste kommt noch. »Ihr seid ein durchtriebener Schalk«, erwiderte der Wirt, »und hättet wohl etwas anderes verdient.

Aber ich schenke Euch das Mittagessen und hier noch ein 24-Kreuzer-Stück dazu. Nur seid stille zur Sache und geht zu meinem Nachbarn, dem Bärenwirt, und macht es ihm ebenso.« Das sagte er, weil er mit seinem Nachbarn, dem Bärenwirt, aus Brotneid im Unfrieden lebte, und einer dem andern jeglichen Tort und Schimpf gern antat und erwiderte. Aber der schlaue Gast griff lächelnd mit der einen Hand nach dem angebotenen Geld, mit der andern vorsichtig nach der Türe, wünschte dem Wirt einen guten Abend und sagte: »Bei Eurem Nachbarn, dem Herrn Bärenwirt, bin ich schon gewesen, und eben der hat mich zu Euch geschickt und kein anderer.«

So waren im Grunde beide hintergangen, und der dritte hatte den Nutzen davon. Aber der listige Kunde hätte sich noch obendrein einen schönen Dank von beiden verdient, wenn sie eine gute Lehre daraus gezogen und sich miteinander ausgesöhnt hätten. Denn Frieden ernährt, aber Unfrieden verzehrt.

Das Mittagessen im Hof

Man klagt häufig darüber, wie schwer und unmöglich es sei, mit manchen Menschen auszukommen. Das mag denn freilich auch wahr sein. Indessen sind viele von solchen Menschen nicht schlimm, sondern nur wunderlich, und wenn man sie nur immer recht kennte, inwendig und auswendig, und recht mit ihnen umzugehen wüßte, nie zu eigensinnig und nie zu nachgebend, so wäre mancher wohl und leicht zur Besinnung zu bringen. Das ist doch einem Bedienten mit seinem Herrn gelungen. Dem konnte er manchmal gar nichts recht machen und mußte vieles entgelten, woran er unschuldig war, wie es oft geht. So kam einmal der Herr sehr verdrießlich nach Hause und setzte sich zum Mittagessen. Da war die Suppe zu heiß oder zu kalt oder keines von beiden; aber genug, der Herr war verdrießlich. Er faßte daher die Schüssel mit dem, was darinnen war, und warf sie durch das offene Fenster in den Hof hinab. Was tat der Diener? Kurz besonnen warf er das Fleisch, welches er eben auf den Tisch stellen wollte, mir nichts, dir nichts, der Suppe nach, auch in den Hof hinab, dann das Brot, dann den Wein, und endlich das Tischtuch mit allem, was noch darauf war, auch in den Hof hinab. »Verwegener, was soll das sein?« fragte der Herr und fuhr mit drohendem Zorn von dem Sessel auf. Aber der Bediente erwiderte kalt und ruhig: »Verzeihen Sie mir, wenn ich Ihre Meinung nicht erraten habe. Ich glaubte nicht anders, als Sie wollten heute in dem Hof speisen. Die Luft ist so heiter, der Himmel so blau, und sehen Sie nur, wie lieblich der Apfelbaum blüht und wie fröhlich die Bienen ihren Mittag halten.« – Diesmal die Suppe hinabgeworfen und nimmer! Der Herr erkannte seinen Fehler, heiterte sich im Anblick des schönen Frühlingshimmels auf, lächelte heimlich über den schnellen Einfall seines Aufwärters und dankte ihm im Herzen für die gute Lehre.

Der kluge Richter

Daß nicht alles so uneben sei, was im Morgenland geschieht, das haben wir schon einmal gehört. Auch folgende Begebenheit soll sich daselbst zugetragen haben: Ein reicher Mann hatte eine beträchtliche Geldsumme, welche in ein Tuch eingenäht war, aus Unvorsichtigkeit verloren. Er machte daher seinen Verlust bekannt und bot, wie man zu tun pflegt, dem ehrlichen Finder eine Belohnung, und zwar von 100 Talern, an. Da kam bald ein guter und ehrlicher Mann dahergegangen. »Dein Geld habe ich gefunden. Dies wird's wohl sein! So nimm dein Eigentum zurück!« So sprach er mit dem heitern Blick eines ehrlichen Mannes und eines guten Gewissens, und das war schön. Der andere machte auch ein fröhliches Gesicht, aber nur, weil er sein verloren geschätztes Geld wieder hatte. Denn wie es um seine Ehrlichkeit aussah, das wird sich bald zeigen. Er zählte das Geld und dachte unterdessen geschwinde nach, wie er den treuen Finder um seine versprochene Belohnung bringen könnte. »Guter Freund«, sprach er hierauf, »es waren eigentlich 800 Taler in dem Tuch eingenäht. Ich finde aber nur noch 700 Taler. Ihr werdet also wohl eine Naht aufgetrennt und Eure 100 Taler Belohnung schon herausgenommen haben. Da habt Ihr wohl daran getan. Ich danke Euch.« Das war nicht schön. Aber wir sind noch nicht am Ende. Ehrlich währt am längsten, und Unrecht schlägt seinen eigenen Herrn. Der ehrliche Finder, dem es weniger um die 100 Taler als um seine unbescholtene Rechtschaffenheit zu tun war, versicherte, daß er das Päcklein so gefunden habe, wie er es bringe, und es so bringe, wie er's gefunden habe. Am Ende kamen sie vor den Richter. Beide bestanden auch hier noch auf ihrer Behauptung, der eine, daß 800 Taler eingenäht gewesen seien, der andere, daß er von dem Gefundenen nichts genommen und das Päcklein nicht versehrt habe. Da war guter Rat teuer. Aber der kluge Richter, der die Ehrlichkeit des einen und die schlechte Gesinnung des andern zum voraus zu kennen schien, griff die Sache so an: Er ließ sich von beiden über das, was sie aussagten, eine feste und feierliche

Versicherung geben und tat hierauf folgenden Ausspruch: »Demnach, und wenn der eine von euch 800 Taler verloren, der andere aber nur ein Päcklein mit 700 Talern gefunden hat, so kann auch das Geld des letztern nicht das nämliche sein, auf welches der erstere ein Recht hat. Du, ehrlicher Freund, nimmst also das Geld, welches du gefunden hast, wieder zurück und behältst es in guter Verwahrung, bis der kommt, welcher nur 700 Taler verloren hat. Und dir da weiß ich keinen Rat, als du geduldest dich, bis derjenige sich meldet, der deine 800 Taler findet.« So sprach der Richter, und dabei blieb es.

Der schlaue Husar

Ein Husar im letzten Kriege wußte wohl, daß der Bauer, dem er jetzt auf der Straße entgegenging, 100 fl. für geliefertes Heu eingenommen hatte und heimtragen wollte. Deswegen bat er ihn um ein kleines Geschenk zu Tabak und Branntwein. Wer weiß, ob er mit ein paar Batzen nicht zufrieden gewesen wäre. Aber der Landmann versicherte und beteuerte bei Himmel und Hölle, daß er den eigenen letzten Kreuzer im nächsten Dorfe ausgegeben und nichts mehr übrig habe. »Wenn's nur nicht so weit von meinem Quartier wäre«, sagte hierauf der

Husar, »so wäre uns beiden zu helfen; dir, denn du hast nichts, ich hab' nichts; so müssen wir den Gang zum heiligen Alfonsus doch machen. Was er uns heute beschert, wollen wir brüderlich teilen.« Dieser Alfonsus stand in Stein ausgehauen in einer alten, wenig besuchten Kapelle am Feldweg. Der Landmann hatte anfangs keine große Lust zu dieser Wallfahrt. Aber der Husar nahm keine Vorstellung an und versicherte unterwegs seinen Begleiter so nachdrücklich, der heilige Alfonsus habe ihn noch in keiner Not stecken lassen, daß dieser selbst anfing, Hoffnung zu gewinnen. Vermutlich war in der abgelegenen Kapelle ein Kamerad und Helfeshelfer des Husaren verborgen? Nichts weniger! Es war wirklich das steinerne Bild des Alfonsus, vor welchem sie jetzt niederknieten, während der Husar gar andächtig zu beten schien. »Jetzt«, sagte er seinem Begleiter ins Ohr, »jetzt hat mir der Heilige gewinkt.« Er stand auf, ging zu ihm hin, hielt die Ohren an die steinernen Lippen und kam gar freudig wieder zu seinem Begleiter zurück. »Einen Gulden hat er mir geschenkt, in meiner Tasche müsse er schon stecken.« Er zog auch wirklich zum Erstaunen des andern einen Gulden heraus, den er aber schon vorher bei sich hatte, und teilte ihn versprochenermaßen brüderlich zur Hälfte. Das leuchtete dem Landmann ein, und es war ihm gar recht, daß der Husar die Probe noch einmal machte. Alles ging das zweitemal wie zuerst. Nur kam der Kriegsmann diesmal viel freudiger von dem Heiligen zurück. »100 fl. hat uns jetzt der gute Alfonsus auf einmal geschenkt. In deiner Tasche müssen sie stecken.« Der Bauer wurde todesblaß, als er dies hörte, und wiederholte seine Versicherung, daß er gewiß keinen Kreuzer habe. Allein der Husar redete ihm zu, er solle doch nur Vertrauen zu dem heiligen Alfonsus haben und nachsehen. Alfonsus habe ihn noch nie getäuscht. Wollte er wohl oder übel, so mußte er seine Taschen umkehren und leer machen. Die 100 fl. kamen richtig zum Vorschein, und hatte er vorher dem schlauen Husaren die Hälfte von seinem Gulden abgenommen, so mußte er jetzt auch seine 100 fl. mit ihm teilen, da half kein Bitten und kein Flehen.

Das war fein und listig, aber eben doch nicht recht, zumal in einer Kapelle.

Der Zahnarzt

Zwei Tagdiebe, die schon lange in der Welt miteinander herumgezogen, weil sie zum Arbeiten zu träg oder zu ungeschickt waren, kamen doch zuletzt in große Not, weil sie wenig Geld mehr übrig hatten und nicht geschwind wußten, wo nehmen. Da gerieten sie auf folgenden Einfall: Sie bettelten vor einigen Haustüren Brot zusammen, das sie nicht zur Stillung des Hungers genießen, sondern zum Betrug mißbrauchen wollten. Sie kneteten nämlich und drehten aus demselben lauter kleine Kügelein oder Pillen und bestreuten sie mit Wurmmehl aus altem zerfressenem Holz, damit sie völlig aussahen wie die gelben Arzneipillen. Hierauf kauften sie für ein paar Batzen einige Bogen rotgefärbtes Papier bei dem Buchbinder (denn eine schöne Farbe muß gewöhnlich bei jedem Betrug mithelfen). Das Papier zerschnitten sie alsdann und wickelten die Pillen darein, je sechs bis acht Stück in ein Päcklein. Nun ging der eine voraus in einen Flecken, wo eben Jahrmarkt war, und in den roten Löwen, wo er viele Gäste anzutreffen hoffte. Er forderte ein Glas Wein, trank aber nicht, sondern saß ganz wehmütig in einem Winkel, hielt die Hand an den Backen, winselte halblaut für sich und kehrte sich unruhig bald so her, bald so hin. Die ehrlichen Landleute und Bürger, die im Wirtshaus waren, bildeten sich wohl ein, daß der arme Mensch ganz entsetzlich Zahnweh haben müsse. Aber was war zu tun? Man bedauerte ihn, man tröstete ihn, daß es schon wieder vergehen werde, trank sein Gläslein fort und machte seine Marktaffären aus. Indessen kam der andere Tagdieb auch nach. Da stellten sich die beiden Schelme, als ob noch keiner den andern in seinem Leben gesehen hätte. Keiner sah den andern an, bis der zweite durch das Winseln des ersten, der im Winkel saß, aufmerksam zu werden schien. »Guter Freund«, sprach er, »Ihr scheint wohl Zahnschmerzen zu haben?« und ging mit großen und langsamen Schritten auf ihn zu. »Ich bin der Doktor Schnauzius Rapunzius von Travalgar«, fuhr er fort. Denn solche fremde volltönige Namen müssen auch zum Betrug behilflich sein, wie die Farben. »Und wenn Ihr meine Zahnpillen gebrauchen wollt«, fuhr er fort, »so soll es mir eine schlechte Kunst sein, Euch mit einer, höchstens zweien, von Euren Leiden zu befreien.« – »Das wolle Gott«, erwiderte der andere Halunk. Hierauf zog der saubere Doktor Rapunzius eines von seinen roten Päcklein aus der Tasche und verordnete dem Patienten, ein Kügelein daraus auf den bösen Zahn zu legen und herzhaft darauf zu beißen. Jetzt streckten die Gäste an den andern Tischen die Köpfe herüber, und einer um den andern kam herbei, um die Wunderkur mitanzusehen. Nun könnt ihr euch vorstellen, was geschah. Auf diese erste Probe wollte zwar der Patient wenig rühmen, vielmehr tat er einen entsetzlichen Schrei. Das gefiel dem Doktor. Der Schmerz, sagte er, sei jetzt gebrochen, und gab ihm geschwind die zweite Pille zu gleichem Gebrauch.

Da war nun plötzlich aller Schmerz verschwunden. Der Patient sprang vor Freuden auf, wischte den Angstschweiß von der Stirne weg, obgleich keiner daran war, und tat, als ob er seinem Retter zum Danke etwas Namhaftes in die Hand drücke. – Der Streich war schlau angelegt und tat seine Wirkung. Denn jeder Anwesende wollte nun auch von diesen vortrefflichen Pillen haben. Der Doktor bot das Päcklein für 24 kr., und in wenigen Minuten waren alle verkauft. Natürlich gingen jetzt die zwei Schelme wieder einer nach dem andern weiters, lachten, als sie wieder zusammenkamen, über die Einfalt dieser Leute und ließen sich's wohl sein von ihrem Geld.

Das war teures Brot. So wenig für 24 kr. bekam man noch in keiner Hungersnot. Aber der Geldverlust war nicht einmal das Schlimmste. Denn die Weichbrotkügelein wurden natürlicherweise mit der Zeit steinhart. Wenn nun so ein armer Betrogener nach Jahr und Tag Zahnweh bekam und in gutem Vertrauen mit dem kranken Zahn einmal und zweimal darauf biß, da denke man an den entsetzlichen Schmerz, den er, statt geheilt zu werden, sich selbst für 24 kr. aus der eigenen Tasche machte. Daraus ist also zu lernen, wie leicht man kann betrogen werden, wenn man den Vorspiegelungen jedes herumlaufenden Landstreichers traut, den man zum erstenmal in seinem Leben sieht und vorher nie und nachher nimmer, und mancher, der dieses liest, wird vielleicht denken: »So einfältig bin ich zu meinem eigenen Schaden auch schon gewesen.« – Merke: Wer so etwas kann, weiß an andern Orten Geld zu verdienen, läuft nicht auf den Dörfern und Jahrmärkten herum mit Löchern im Strumpf oder mit einer weißen Schnalle im rechten Schuh und am linken mit einer gelben.

Das wohlbezahlte Gespenst

In einem gewissen Dorfe, das ich wohl nennen könnte, geht ein üblicher Fußweg über den Kirchhof und von da durch den Acker eines Mannes, der an der Kirche wohnt, und es ist ein Recht. Wenn nun die Ackerwege bei nasser Witterung schlüpfrig und ungangbar sind, ging man immer tiefer in den Acker hinein und zertrat dem Eigentümer die Saat, so daß bei anhaltend feuchter Witterung der Weg immer breiter und der Acker immer schmäler wurde, und das war kein Recht. Zum Teil wußte nun der beschädigte Mann sich wohl zu helfen. Er gab bei Tag, wenn er sonst nichts zu tun hatte, fleißig acht, und wenn ein unverständiger Mensch diesen Weg kam, der lieber seine Schuhe als seines

Nachbars Gerstensaat schonte, so lief er schnell hinzu und pfändete ihn oder tat's mit ein paar Ohrfeigen kurz ab. Bei Nacht aber, wo man noch am ersten einen guten Weg braucht und sucht, war's nur desto schlimmer, und die Dornenäste und Rispen, mit welchen er den Wandernden verständlich machen wollte, wo der Weg sei, waren allemal in wenigen Nächten niedergerissen oder ausgetreten, und mancher tat's vielleicht mit Fleiß. Aber da kam dem Mann etwas anderes zustatten. Es wurde auf einmal unsicher auf dem Kirchhof, über welchen der Weg ging. Bei trockenem Wetter und etwas hellen Nächten sah man oft ein langes weißes Gespenst über die Gräber wandeln. Wenn es regnete oder sehr finster war, hörte man im Beinhaus bald ein ängstliches Stöhnen und Winseln, bald ein Klappern, als wenn alle Totenköpfe und Totengebeine darin lebendig werden wollten. Wer das hörte, sprang bebend wieder zur nächsten Kirchhoftüre hinaus, und in kurzer Zeit sah man, sobald der Abend dämmerte und die letzte Schwalbe aus der Luft verschwunden war, gewiß keinen Menschen mehr auf dem Kirchhofweg, bis ein verständiger und herzhafter Mann aus einem benachbarten Dorfe sich an diesem Ort verspätete und den nächsten Weg nach Hause doch über diesen verschrienen Platz und über den Gerstenacker nahm. Denn ob ihm gleich seine Freunde die Gefahr vorstellten und lange abwehrten, so sagte er doch am Ende: »Wenn es ein Geist ist, geh' ich mit Gott als ein ehrlicher Mann den nächsten Weg zu meiner Frau und zu meinen Kindern heim, habe nichts Böses getan, und ein Geist, wenn's auch der schlimmste unter allen wäre, tut mir nichts. Ist's aber Fleisch und Bein, so habe ich zwei Fäuste bei mir, die sind auch schon dabeigewesen.« Er ging. Als er aber auf den Kirchhof kam und kaum am zweiten Grab vorbei war, hörte er hinter sich ein klägliches Ächzen und Stöhnen, und als er zurückschaute, siehe, da erhob sich hinter ihm, wie aus einem Grabe herauf, eine lange weiße Gestalt. Der Mond schimmerte blaß über die Gräber. Totenstille war ringsumher, nur ein paar Fledermäuse flatterten vorüber. Da war dem guten Manne doch nicht wohl zumute, wie er nachher selber gestand, und wäre gerne wieder zurückgegangen, wenn er nicht noch einmal an dem Gespenst hätte vorbeigehen müssen. Was war nun zu tun? Langsam und stille ging er seines Weges zwischen den Gräbern und manchem schwarzen Totenkreuz vorbei. Langsam und immer ächzend folgte zu seinem Entsetzen das Gespenst ihm nach, bis an das Ende des Kirchhofs, und das war in Ordnung, und bis vor den Kirchhof hinaus, und das war dumm.

Aber so geht es. Kein Betrüger ist so schlau, er

verratet sich. Denn sobald der verfolgte Ehrenmann das Gespenst auf dem Acker erblickte, dachte er bei sich selber: Ein rechtes Gespenst muß wie eine Schildwache auf seinem Posten bleiben, und ein Geist, der auf den Kirchhof gehört, geht nicht aufs Ackerfeld. Daher bekam er auf einmal Mut, drehte sich schnell um, faßte die weiße Gestalt mit fester Hand und merkte bald, daß er unter einem Leintuch einen Burschen am Brusttuch habe, der noch nicht auf dem Kirchhof daheim sei. Er fing daher an, mit der andern Faust auf ihn loszutrommeln, bis er seinen Mut an ihm gekühlt hatte, und da er vor dem Leintuch selber nicht sah, wo er hinschlug, so mußte das arme Gespenst die Schläge annehmen, wie sie fielen.

Damit war nun die Sache abgetan, und man hat weiter nichts mehr davon erfahren, als daß der Eigentümer des Gerstenackers ein paar Wochen lang mit blauen und gelben Zieraten im Gesicht herumging und von dieser Stunde an kein Gespenst mehr auf dem Kirchhof zu sehen war. Denn solche Leute wie unser handfester Ehrenmann, das sind allein die rechten Geisterbanner, und es wäre zu wünschen, daß jeder andere Betrüger und Gaukelhans ebenso sein Recht und seinen Meister finden möchte.

Schlechter Gewinn

Ein junger Kerl tat vor einem Juden gewaltig groß, was er für einen sicheren Hieb in der Hand führe und wie er eine Stecknadel der Länge nach spalten könne mit einem Zug. »Ja, gewiß, Mauschel Abraham«, sagte er, »es soll einen Siebzehner gelten, ich haue dir in freier Luft das Schwarze vom Nagel weg auf ein Haar und ohne Blut.« Die Wette galt, denn der Jude hielt so etwas nicht für möglich, und das Geld wurde ausgesetzt auf den Tisch. Der junge Kerl zog sein Messer und hieb, und verlor's, denn er hieb dem armen Juden in der Ungeschicklichkeit das Schwarze vom Nagel und das Weiße vom Nagel und das vordere Gelenk mit einem Zug rein von dem Finger weg. Da tat der Jude einen lauten Schrei, nahm das Geld und sagte: *»Au weih, ich hab's gewonnen!«*

An diesen Juden soll jeder denken, wenn er versucht wird, mehr auf einen Gewinn zu wagen, als derselbe wert ist.

Wie mancher Prozeßkrämer hat auch schon so sagen können! Ein General meldete einmal seinem Monarchen den Sieg mit folgenden Worten: »Wenn ich noch einmal so siege, so komme ich *allein* heim.« Das heißt mit andern Worten: »Au weih, ich hab's gewonnen!«

Der wohlbezahlte Spaßvogel

Wie man in den Wald schreit, so schreit es wieder heraus. Ein Spaßvogel wollte in den neunziger Jahren einen Juden in Frankfurt zum besten haben. Er sprach also zu ihm: »Weißt du auch, Mauschel, daß in Zukunft die Juden in ganz Frankreich auf Eseln reiten müssen?« Dem hat der Jude also geantwortet: »Wenn das ist, artiger Herr, so wollen wir zwei auf dem deutschen Boden bleiben, wenn schon Ihr kein Jude seid.«

Eine sonderbare Wirtszeche

Manchmal gelingt ein mutwilliger Einfall, manchmal kostet's den Rock, oft sogar die Haut dazu. Diesmal aber nur den Rock. Denn obgleich einmal drei lustige Studenten auf einer Reise keinen roten Heller mehr in der Tasche hatten, alles war verjubelt, so gingen sie doch noch einmal in ein Wirtshaus und dachten, sie wollten sich schon wieder hinaushelfen und doch nicht wie Schelmen davonschleichen, und es war ihnen gar recht, daß die junge und artige Wirtin ganz allein in der Stube war. Sie aßen und tranken guten Mutes und führten miteinander ein gar gelehrtes Gespräch, als wenn die Welt schon viele tausend Jahr alt wäre und noch ebenso lang stehen würde, und daß in jedem Jahr, an jedem Tag und in jeder Stunde des Jahres alles wieder so komme und sei, wie es am nämlichen Tag und in der nämlichen Stunde vor sechstausend Jahren auch gewesen sei. »Ja«, sagte endlich einer zur Wirtin – die mit einer Strickerei seitwärts am Fenster saß und aufmerksam zuhörte – »ja, Frau Wirtin, das müssen wir aus unsern gelehrten Büchern wissen.« Und einer war so keck und behauptete, er könne sich wieder dunkel erinnern, daß sie vor sechstausend Jahren schon einmal dagewesen seien, und das hübsche freundliche Gesicht der Frau Wirtin sei ihm noch wohlbekannt. Das Gespräch wurde noch lange fortgesetzt, und je mehr die Wirtin alles zu glauben schien, desto besser ließen sich die jungen Schwenkfelder den Wein und Braten und manche Brezel schmecken, bis eine Rechnung von 5 fl. 16 kr. auf der Kreide stand. Als sie genug gegessen und getrunken hatten, rückten sie mit der List heraus, worauf es abgesehen war.

»Frau Wirtin«, sagte einer, »es steht diesmal um unsere Batzen nicht gut, denn es sind der Wirtshäuser zu viele an der Straße. Da wir aber an Euch eine verständige Frau gefunden haben, so hoffen wir als alte Freunde, hier Kredit zu haben, und wenn's

Euch recht ist, so wollen wir in sechstausend Jahren, wenn wir wiederkommen, die alte Zeche samt der neuen bezahlen.« Die verständige Wirtin nahm das nicht übel auf, war's vollkommen zufrieden und freute sich, daß die Herren so vorlieb genommen, stellte sich aber unvermerkt vor die Stubentüre und bat, die Herren möchten nur so gut sein und jetzt einstweilen die 5 fl. 16 kr. bezahlen, die sie vor sechstausend Jahren schuldig geblieben seien, weil doch alles schon einmal so gewesen sei, wie es wiederkomme. Zum Unglück trat eben der Vorgesetzte des Ortes mit ein paar braven Männern in die Stube, um miteinander ein Glas Wein in Ehren zu trinken. Das war den gefangenen Vögeln gar nicht lieb. Denn jetzt wurde von Amts wegen das Urteil gefällt und vollzogen: »Es sei aller Ehren wert, wenn man sechstausend Jahre lang geborgt habe. Die Herren sollten also augenblicklich ihre Schuld bezahlen oder ihre noch ziemlich neuen Oberröcke in Versatz geben.« Dies letzte mußte geschehen, und die Wirtin versprach, in sechstausend Jahren, wenn sie wiederkommen und besser als jetzt bei Batzen seien, ihnen alles, Stück für Stück, wieder zuzustellen.

Dies ist geschehen im Jahre 1805 am 17. April im Wirtshause zu Segringen.

Seltsamer Spazierritt

Ein Mann reitet auf seinem Esel nach Haus und läßt seinen Buben zu Fuß nebenher laufen.

Kommt ein Wanderer und sagt: »Das ist nicht recht, Vater, daß Ihr reitet und laßt Euern Sohn laufen; Ihr habt stärkere Glieder.« Da stieg der Vater vom Esel herab und ließ den Sohn reiten.

Kommt wieder ein Wandersmann und sagt: »Das ist nicht recht, Bursche, daß du reitest und lässest deinen Vater zu Fuß gehen. Du hast jüngere Beine.« Da saßen beide auf und ritten eine Strecke.

Kommt ein dritter Wandersmann und sagt: »Was ist das für ein Unverstand: zwei Kerle auf *einem* schwachen Tiere; sollte man nicht einen Stock nehmen und euch beide hinabjagen?« Da stiegen beide ab und gingen selbdritt zu Fuß, rechts und links der Vater und Sohn und in der Mitte der Esel.

Kommt ein vierter Wandersmann und sagt: »Ihr seid drei kuriose Gesellen. Ist's nicht genug, wenn zwei zu Fuß gehen? Geht's nicht leichter, wenn einer von Euch reitet?« Da band der Vater dem Esel die vordern Beine zusammen, und der Sohn band ihm die hintern Beine zusammen, zogen einen starken Baumpfahl durch, der an der Straße stand, und trugen den Esel auf der Achsel heim.

Soweit kann's kommen, wenn man es allen Leuten will recht machen.

Drei Wünsche

Ein junges Ehepaar lebte recht vergnügt und glücklich beisammen und hatte den einzigen Fehler, der in jeder menschlichen Brust daheim ist: Wenn man's gut hat, hätt' man's gerne besser. Aus diesem Fehler entstehen so viele törichte Wünsche, woran es unserm *Hans* und seiner *Liese* auch nicht fehlte. Bald wünschten sie des Schulzen Acker, bald des Löwenwirts Geld, bald des Meyers Haus und Hof und Vieh, bald einmal hunderttausend Millionen baierische Taler kurzweg. Eines Abends aber, als sie friedlich am Ofen saßen und Nüsse aufklopften und schon ein tiefes Loch in den Stein hineingeklopft hatten, kam durch die Kammertür ein weißes Weiblein herein, nicht mehr als eine Elle lang, aber wunderschön von Gestalt und Angesicht, und die ganze Stube war voll Rosenduft. Das Licht löschte aus, aber ein Schimmer wie Morgenrot, wenn die Sonne nicht mehr fern ist, strahlte von dem Weiblein aus und überzog alle Wände. Über so etwas kann man nun doch ein wenig erschrecken, so schön es aussehen mag. Aber unser gutes Ehepaar erholte sich doch bald wieder, als das Fräulein mit wundersüßer, silberreiner Stimme sprach: »Ich bin eure Freundin, die Bergfee, *Anna Fritze*, die im kristallenen Schloß mitten in den Bergen wohnt, mit unsichtbarer Hand Gold in den Rheinsand streut und über siebenhundert dienstbare Geister gebietet. Drei Wünsche dürft ihr tun; drei Wünsche sollen erfüllt werden.« Hans drückte den Ellenbogen an den Arm seiner Frau, als ob er sagen wollte: »Das lautet nicht übel.« Die Frau aber war schon im Begriff, den Mund zu öffnen und etwas von ein paar Dutzend goldgestickter Hauben, seidenen Halstüchern und dergleichen zur Sprache zu bringen, als die Bergfee sie mit aufgehobenem Zeigefinger warnte: »Acht Tage lang«, sagte sie, »habt ihr Zeit. Bedenkt euch wohl, und übereilt euch nicht.« Das ist kein Fehler, dachte der Mann und legte seiner Frau die Hand auf den Mund. Das Bergfräulein aber verschwand. Die Lampe brannte wie vorher, und statt des Rosendufts zog wieder wie eine Wolke am Himmel der Öldampf durch die Stube.

So glücklich nun unsere guten Leute in der Hoffnung schon zum voraus waren und keinen Stern mehr am Himmel sahen, sondern lauter Baßgeigen, so waren sie jetzt doch recht übel dran, weil sie vor lauter Wunsch nicht wußten, was sie wünschen wollten, und nicht einmal das Herz hatten, recht daran zu denken oder davon zu sprechen, aus Furcht, es möchte für gewünscht passieren, ehe sie es genug überlegt hätten. Nun sagte die Frau: »Wir haben ja noch Zeit bis am Freitag.«

Des andern Abends, während die Kartoffeln zum Nachtessen in der Pfanne prasselten, standen beide, Mann und Frau, vergnügt an dem Feuer beisammen, sahen zu, wie die kleinen Feuerfünklein an der rußigen Pfanne hin und her züngelten, bald angingen, bald auslöschten, und waren, ohne ein Wort zu reden, vertieft in ihrem künftigen Glück. Als sie aber die gerösteten Kartoffeln aus der Pfanne auf das Plättlein anrichtete und ihr der Geruch lieblich in die Nase stieg: – »Wenn wir jetzt nur ein gebratenes Würstlein dazu hätten«, sagte sie in aller Unschuld, und ohne an etwas anderes zu denken, und – o weh, da war der erste Wunsch getan. – Schnell wie ein Blitz kommt und vergeht, kam es wieder wie Morgenrot und Rosenduft untereinander durch das Kamin herab, und auf den Kartoffeln lag die schönste Bratwurst. – Wie gewünscht, so geschehen. – Wer sollte sich über einen solchen Wunsch und seine Erfüllung nicht ärgern? Welcher Mann über solche Unvorsichtigkeit seiner Frau nicht unwillig werden?

»Wenn dir doch nur die Wurst an der *Nase angewachsen wäre*«, sprach er in der ersten Überraschung, auch in aller Unschuld und ohne an etwas anderes zu denken – und wie gewünscht, so geschehen. Kaum war das letzte Wort gesprochen, so saß die Wurst auf der Nase des guten Weibes fest, wie angewachsen im Mutterleib, und hing zu beiden Seiten herab wie ein Husaren-Schnauzbart.

Nun war die Not der armen Eheleute erst recht groß. Zwei Wünsche waren getan und vorüber, und noch waren sie um keinen Heller und um kein Weizenkorn, sondern nur um eine böse Bratwurst reicher. Noch war ein Wunsch zwar übrig. Aber was half nun aller Reichtum und alles Glück zu einer solchen Nasenzierat der Hausfrau? Wollten sie wohl oder übel, so mußten sie die Bergfee bitten, mit unsichtbarer Hand Barbiersdienste zu leisten und Frau Liese wieder von der vermaledeiten Wurst zu befreien. Wie gebeten, so geschehen, und so war der dritte Wunsch auch vorüber, und die armen Eheleute sahen einander an, waren der nämliche Hans und die nämliche Liese nachher wie vorher, und die schöne Bergfee kam niemals wieder.

Merke: Wenn dir einmal die Bergfee also kommen sollte, so sei nicht geizig, sondern wünsche

Numero eins: Verstand, daß du wissen mögest, was du

Numero zwei: wünschen sollest, um glücklich zu werden. Und weil es leicht möglich wäre, daß du alsdann etwas wähltest, was ein törichter Mensch nicht hoch anschlägt, so bitte noch

Numero drei: um beständige Zufriedenheit und keine Reue.

Oder so: Alle Gelegenheit, glücklich zu werden, hilft nichts, wer den Verstand nicht hat, sie zu benutzen.

Eine merkwürdige Abbitte

Das ist merkwürdig, daß an einem schlechten Menschen der Name eines ehrlichen Mannes gar nicht haftet und daß er durch solchen nur ärger geschimpft ist.

Zwei Männer saßen in einem benachbarten Dorf zu gleicher Zeit im Wirtshaus. Aber der eine von ihnen hatte bösen Leumund wegen allerlei, und sah ihn und den Iltis niemand gern auf seinem Hof. Aber beweisen vor dem Richter konnte man ihm nichts. Mit dem bekam der andere Zwist im Wirtshaus, und im Unwillen und weil er ein Glas Wein zu viel im Kopf hatte, so sagte er zu ihm: *»Du schlechter Kerl!«* – Damit kann einer zufrieden sein, wenn er's ist, und braucht nicht mehr. Aber der war nicht zufrieden, wollte noch mehr haben, schimpfte auch und verlangte Beweis. Da gab ein Wort das andere, und es hieß: »Du Spitzbub! du Felddieb!« – Damit war er noch nicht zufrieden, sondern ging vor den Richter. Da war nun freilich derjenige, welcher geschimpft hatte, übel dran. Leugnen wollt' er nicht, beweisen konnt' er nicht, weil er für das, was er wohl wußte, keine Zeugen hatte, sondern er mußte einen Gulden Strafe erlegen, weil er einen ehrlichen Mann Spitzbube geheißen habe, und ihm Abbitte tun und dachte bei sich selber: *teurer Wein!* Als er aber die Strafe erlegt hatte, so sagte er: »Also einen Gulden kostet es, gestrenger Herr, wenn man einen ehrlichen Mann einen Spitzbuben nennt! Was kostet's denn, wenn man einmal in der Vergeßlichkeit oder sonst zu einem Spitzbuben sagt: ehrlicher Mann?« Der Richter lächelte und sagte: »Das kostet nichts, und damit ist niemand geschimpft.« Hierauf wendete sich der Beklagte zu dem Kläger um und sagte: »Es tut mir leid, ehrlicher Mann! Nichts für ungut, ehrlicher Mann! Adies, ehrlicher Mann!« Als der erboste Gegner das hörte und wohl merkte, wie es gemeint war, wollte er noch einmal anfangen und hielt sich jetzt für ärger beleidigt als vorher. Aber der Richter, der ihn doch auch als einen verdächtigen Menschen kennen mochte, sagte zu ihm: Er könne jetzt zufrieden sein.

Der schlaue Pilgrim

Vor einigen Jahren zog ein Müßiggänger durch das Land, der sich für einen frommen Pilgrim ausgab, gab vor, er komme von Paderborn und laufe geraden Wegs zum heiligen Grab nach Jerusalem, fragte schon in Müllheim an der Post: »Wie weit ist es noch nach Jerusalem?« Und wenn man ihm sagte: »Siebenhundert Stunden; aber auf dem Fußweg über Mauchen ist es eine Viertelstunde näher«, so ging er, um auf dem langen Weg eine Viertelstunde zu ersparen, über Mauchen. Das wäre nun so übel nicht. Man muß einen kleinen Vorteil nicht verachten, sonst kommt man zu keinem großen. Man hat öfter Gelegenheit, einen Batzen zu ersparen oder zu gewinnen als einen Gulden. Aber 15 Batzen sind auch ein Gulden, und wer auf einem Wege von siebenhundert Stunden nur allemal an fünf Stunden weiß eine Viertelstunde abzukürzen, der hat an der ganzen Reise gewonnen – wer rechnet aus, *wieviel*? Allein unser verkleideter Pilgrim dachte nicht ebenso, sondern weil er nur dem Müßiggang und gutem Essen nachzog, so war es ihm einerlei, wo er war. Ein Bettler kann nach dem alten Sprichwort nie verirren, muß in ein schlechtes Dorf kommen, wenn er nicht mehr darin bekommt, als er unterwegs an den

Sohlen zerreißt, zumal wenn er barfuß geht. Unser Pilgrim aber dachte doch immer darauf, sobald als möglich wieder an die Landstraße zu kommen, wo reiche Häuser stehen und gut gekocht wird. Denn der Halunke war nicht zufrieden, wie ein rechter Pilgrim sein soll, mit gemeiner Nahrung, die ihm von einer mitleidigen und frommen Hand gereicht wurde, sondern wollte nichts fressen als nahrhafte Kieselsteinsuppen. Wenn er nämlich irgendwo so ein braves Wirtshaus an der Straße stehen sah, wie zum Exempel das Posthaus in Krotzingen oder den Baselstab in Schliengen, so ging er hinein und bat ganz demütig und hungrig um ein gutes Wassersüpplein von Kieselsteinen, um Gottes willen, Geld habe er keines. – Wenn nun die mitleidige Wirtin zu ihm sagte: »Frommer Pilgram, die Kieselsteine könnten Euch hart im Magen liegen!«, so sagte er: »Eben deswegen! die Kieselsteine halten länger an als Brot, und der Weg nach Jerusalem ist weit. Wenn Ihr mir aber ein Gläschen Wein dazu bescheren wollt, um Gottes willen, so könnt ich's freilich besser verdauen.« Wenn aber die Wirtin sagte: »Aber, frommer Pilgram, eine solche Suppe kann Euch doch unmöglich Kraft geben!«, so antwortete er: »Ei, wenn Ihr anstatt des Wassers wolltet Fleischbrühe dazu nehmen, so wär's freilich nahrhafter.« Brachte nun die Wirtin eine solche Suppe und sagte: »Die Tünklein sind doch nicht so gar weich worden«, so sagte er: »Ja, und die Brühe sieht gar dünn aus. Hättet Ihr nicht ein paar Gabeln voll Gemüs darein, oder ein Stücklein Fleisch, oder beides?« Wenn ihm nun die mitleidige Wirtin auch noch Gemüs und Fleisch in die Schüssel legte, so sagte er: »Vergelt's Euch Gott! Gebt mir jetzt Brot, so will ich die Suppe essen.« Hierauf streifte er die Ärmel seines Pilgergewandes zurück, setzte sich und griff an das Werk mit Freuden, und wenn er Brot und Wein und Fleisch und Gemüs und die Fleischbrühe aufgezehrt hatte bis auf den letzten Brosamen, Faser und Tropfen, so wischte er den Mund am Tischtuch oder an dem Ärmel ab, oder auch gar nicht, und sagte: »Frau Wirtin, Eure Suppe hat mich rechtschaffen gesättigt, so daß ich die schönen Kieselsteine nicht einmal mehr zwingen kann. Es ist schade dafür! Aber hebt sie auf. Wenn ich wiederkomme, so will ich Euch eine heilige Muschel mitbringen ab dem Meeresstrand von Askalon oder eine Rose von Jericho.«

Untreue schlägt den eigenen Herrn

Als in dem Krieg zwischen Frankreich und Preußen ein Teil der französischen Armee nach Schlesien einrückte, waren auch Truppen vom rheinischen

Bundesheer dabei, und ein baierischer oder württembergischer Offizier wurde zu einem Edelmann einquartiert und bekam eine Stube zur Wohnung, wo viele sehr schöne und kostbare Gemälde hingen. Der Offizier schien recht große Freude daran zu haben, und als er etliche Tage bei diesem Mann gewesen und freundlich behandelt worden war, verlangte er einmal von seinem Hauswirt, daß er ihm eines von diesen Gemälden zum Andenken schenken möchte. Der Hauswirt sagte, daß er das mit Vergnügen tun wolle, und stellte seinem Gast frei, dasjenige selber zu wählen, welches ihm die größte Freude machen könnte.

Nun, wenn man die Wahl hat, sich selber ein Geschenk von jemand auszusuchen, so erfordern Verstand und Artigkeit, daß man nicht gerade das Vornehmste und Kostbarste wegnehme, und so ist es auch nicht gemeint. Daran schien dieser Mann auch zu denken, denn er wählte unter allen Gemälden fast das schlechteste. Aber das war unserm schlesischen Edelmann nichts desto lieber, und er hätte ihm gern das kostbarste dafür gelassen. »Mein Herr Obrist«, so sprach er mit sichtbarer Unruhe, »warum wollen Sie gerade das geringste wählen, das mir noch dazu wegen einer andern Ursache wert ist? Nehmen Sie doch lieber dieses hier oder jenes dort.« Der Offizier gab aber darauf kein Gehör, schien auch nicht zu merken, daß sein Hauswirt immer mehr und mehr in Angst geriet, sondern nahm geradezu das gewählte Gemälde herunter. Jetzt erschien an der Mauer, wo dasselbe gewesen war, ein großer feuchter Fleck. »Was soll das sein?« sprach der Offizier wie erzürnt zu seinem todblassen Wirt, tat einen Stoß, und auf einmal fielen ein paar frisch gemauerte und übertünchte Backsteine zusammen, hinter welchen alles Geld und Gold und Silber des Edelmanns eingemauert war. Der gute Mann hielt nun sein Eigentum für verloren, wenigstens erwartete er, daß der feindliche Kriegsmann eine namhafte Teilung ohne Inventarium und ohne Kommissarius vornehmen werde, ergab sich geduldig darein und verlangte nur von ihm zu erfahren, woher er habe wissen können, daß hinter diesem Gemälde sein Geld in der Mauer verborgen war. Der Offizier erwiderte: »Ich werde den Entdecker sogleich holen lassen, dem ich ohnehin eine Belohnung schuldig bin«, und in kurzer Zeit brachte sein Bedienter – sollte man's glauben – den Maurermeister selber, den nämlichen, der die Vertiefung in der Mauer zugemauert und die Bezahlung dafür erhalten hatte.

Das ist nun einer von den größten Spitzbubenstreichen, die der Satan auf ein Sündenregister setzen kann. Denn ein Handwerksmann ist seinen Kunden die größte Treue und in Geheimnissen, wenn es nichts Unrechtes ist, so viel Verschwiegenheit schuldig, als wenn er einen Eid darauf hätte.

Aber was tut man nicht um des Geldes willen? Oft gerade das nämliche, was man um der Schläge oder um des Zuchthauses willen tut oder für den Galgen, obgleich ein großer Unterschied dazwischen ist. So etwas erfuhr unser Meister Spitzbub. Denn der brave Offizier ließ ihn jetzt hinaus vor die Stube führen und ihm von frischer Hand 100, sage *hundert* Prügel bar ausbezahlen, lauter gute *Valuta*, und war kein einziger falsch darunter. Dem Edelmann aber gab er unbetastet sein Eigentum zurück. – Das wollen wir beides gutheißen und wünschen, daß jedem, der Einquartierung haben muß, ein so rechtschaffener Gast, und jedem Verräter eine solche Belohnung zuteil werden möge.

Der Wegweiser

Bekanntlich klagte einst ein alter Schulz von Waselnheim seiner Frau, daß ihn sein *Französisch* fast unter den Boden bringe. Er sollte nämlich einem französischen Soldaten, der ausgerissen war, den Weg zeigen, verstand ihn nicht recht, antwortete ihm verkehrt und bekam für die beste Meinung Schläge genug zum Dank oder vielmehr zum Undank. Anders sah ein Wegweiser an der württembergischen Grenze die Sache an. Er sollte nämlich im letzten Krieg einem Zug Franzosen den Weg über das Gebirge zeigen, wußte aber kein Wort von ihrer Sprache als *Oui*, welches soviel heißt als Ja, und *Bougre*, welches ein Schimpfname ist. Diese zwei Worte hatte er oft gehört und lernte sie nachsagen, ohne ihren Sinn zu verstehen. Anfänglich ging alles gut, solange die Franzosen nur unter sich sprachen und ihn mit seiner Laterne und drei oder vier Tornistern, die sie ihm angehängt hatten, voraus oder nebenher gehen ließen. Da er aber der Spur nach allemal mitlachte, wenn sie etwas zu lachen hatten, so fragte ihn einer französisch, ob er auch verstünde, was sie miteinander redeten. Er hätte herzhaft sagen dürfen: »Nein!« Aber eben, weil er es nicht verstand, so kam es ihm nicht darauf an, was er antwortete. Er nahm daher all sein Französisch zusammen und antwortete: »Oui, Bougre« (Ja, Ketzer!). Mit einem ellenlangen französischen Fluch riß der Soldat den Säbel aus der Scheide und ließ ihm denselben um den Kopf herum und nahe an den Ohren vorbeisausen. »Wie?« sagte er, »du willst einen französischen Soldaten beschimpfen?« – »Oui, Bougre«, war die Antwort. Die andern hatten die höchste Zeit, dem erbosten Kameraden in den Arm zu fallen, daß er dem Wegweiser, ohne welchen sie in der finstern Nacht nicht konnten weiterkommen, nicht auf der Stelle den Kopf spaltete; doch gaben sie ihm mit manchem Fluch und Flintenstoß rechts und links zu verstehen, wie es gemeint sei, und fragten ihn alsdann, ob er jetzt wolle manierlicher sein. »Oui, Bougre«, war die Antwort. Nun wurde er jämmerlich zerschlagen, und alle seine Bitten um Schonung legte er ihnen mit lauter »Oui, Bougre« ans Herz. Endlich kamen sie auf die Vermutung, er sei verrückt (denn daß er Französisch verstehe, hatte er bejaht). Sie nahmen daher auf einem Hof, wo noch ein Licht brannte, einen andern Führer, jagten diesen fort, und er erwiderte den Abschied des einen, daß er sich zum Henker packen sollte, richtig mit »Oui, Bougre«. Als er aber so bald wieder nach Hause kam und sich seine Frau verwunderte, die ihn erst auf den andern Mittag wieder erwarten konnte, so erzählte er, wie die Soldaten unterwegs viel Spaß mit ihm gehabt hätten, so daß es ihm fast sei zu arg geworden, und wie sie hernach auf dem Zirnhauser Hof einen andern genommen und ihn wieder heimgeschickt hätten. Die Franzosen (setzte er treuherzig hinzu) sind nicht so schlimm als man meint, wenn man nur mit ihnen reden kann.

Kannitverstan

Der Mensch hat wohl täglich Gelegenheit, in Emmendingen und Gundelfingen so gut als in Amsterdam Betrachtungen über den Unbestand aller irdischen Dinge anzustellen, wenn er will, und zufrieden zu werden mit seinem Schicksal, wenn auch nicht viel gebratene Tauben für ihn in der Luft herumfliegen. Aber auf dem seltsamsten Umweg kam ein deutscher Handwerksbursche in Amsterdam durch den Irrtum zur Wahrheit und zu ihrer Erkenntnis. Denn als er in diese große und reiche Handelsstadt voll prächtiger Häuser, wogender Schiffe und geschäftiger Menschen gekommen war, fiel ihm sogleich ein großes und schönes Haus in die Augen, wie er auf seiner ganzen Wanderschaft von Duttlingen bis nach Amsterdam noch keines erlebt hatte. Lange betrachtete er mit Verwunderung dieses kostbare Gebäude, die sechs Kamine auf dem Dach, die schönen Gesimse und die hohen Fenster, größer als an des Vaters Haus daheim die Tür. Endlich konnte er sich nicht enthalten, einen Vorübergehenden anzureden. »Guter Freund«, redete er ihn an, »könnt Ihr mir nicht sagen, wie der Herr heißt, dem dieses wunderschöne Haus gehört mit den Fenstern voll Tulipanen, Sternenblumen und

Levkojen?« – Der Mann aber, der vermutlich etwas Wichtigeres zu tun hatte und zum Unglück gerade soviel von der deutschen Sprache verstand, als der Fragende von der holländischen, nämlich nichts, sagte kurz und schnauzig: »Kannitverstan«, und schnurrte vorüber. Dies war ein holländisches Wort, oder drei, wenn man's recht betrachtet, und heißt auf deutsch soviel als: »Ich kann Euch nicht verstehen.« Aber der gute Fremdling glaubte, es sei der Name des Mannes, nach dem er gefragt hatte. Das muß ein grundreicher Mann sein, der Herr Kannitverstan, dachte er und ging weiter. Gaßaus, gaßein kam er endlich an den Meerbusen, der da heißt: Het Ey, oder auf deutsch: das Ypsilon. Da stand nun Schiff an Schiff und Mastbaum an Mastbaum, und er wußte anfänglich nicht, wie er es mit seinen zwei einzigen Augen durchfechten werde, alle diese Merkwürdigkeiten genug zu sehen und zu betrachten, bis endlich ein großes Schiff seine Aufmerksamkeit an sich zog, das vor kurzem aus Ostindien angelangt war und jetzt eben ausgeladen wurde. Schon standen ganze Reihen von Kisten und Ballen auf- und nebeneinander am Lande. Noch immer wurden mehrere herausgewälzt, und Fässer voll Zucker und Kaffee, voll Reis und Pfeffer, und salveni Mausdreck darunter. Als er aber lange zugesehen hatte, fragte er endlich einen, der eben eine

Kiste auf der Achsel heraustrug, wie der glückliche Mann heiße, dem das Meer alle diese Waren an das Land bringe. »Kannitverstan«, war die Antwort. Da dachte er: Haha, schaut's da heraus? Kein Wunder, wem das Meer solche Reichtümer an das Land schwemmt, der hat gut solche Häuser in die Welt stellen und solcherlei Tulipanen vor die Fenster in vergoldeten Scherben. Jetzt ging er wieder zurück und stellte eine recht traurige Betrachtung bei sich selbst an, was er für ein armer Mensch sei unter soviel reichen Leuten in der Welt. Aber als er eben dachte: Wenn ich's doch nur auch einmal so gut bekäme, wie dieser Herr Kannitverstan es hat, kam er um eine Ecke und erblickte einen großen Leichenzug. Vier schwarz vermummte Pferde zogen einen ebenfalls schwarz überzogenen Leichenwagen langsam und traurig, als ob sie wüßten, daß sie einen Toten in seine Ruhe führten. Ein langer Zug von Freunden und Bekannten des Verstorbenen folgte nach, Paar um Paar, verhüllt in schwarze Mäntel, und stumm. In der Ferne läutete ein einsames Glöcklein. Jetzt ergriff unsern Fremdling ein wehmütiges Gefühl, das an keinem guten Menschen vorübergeht, wenn er eine Leiche sieht, und blieb mit dem Hut in den Händen andächtig stehen, bis alles vorüber war. Doch machte er sich an den Letzten vom Zug, der eben in der Stille ausrechnete, was er an seiner Baumwolle gewinnen könnte, wenn der Zentner um 10 Gulden aufschlüge, ergriff ihn sachte am Mantel und bat ihn treuherzig um Exküse. »Das muß wohl auch ein guter Freund von Euch gewesen sein«, sagte er, »dem das Glöcklein läutet, daß Ihr so betrübt und nachdenklich mitgeht.« – »Kannitverstan!« war die Antwort. Da fielen unserm guten Duttlinger ein paar große Tränen aus den Augen, und es ward ihm auf einmal schwer und wieder leicht ums Herz. »Armer Kannitverstan«, rief er aus, »was hast du nun von allem deinem Reichtum? Was ich einst von meiner Armut auch bekomme: ein Totenkleid und ein Leintuch, und von allen deinen schönen Blumen vielleicht einen Rosmarin auf die kalte Brust, oder eine Raute.« Mit diesen Gedanken begleitete er die Leiche, als wenn er dazugehörte, bis ans Grab, sah den vermeinten Herrn Kannitverstan hinabsenken in seine Ruhestätte und ward von der holländischen Leichenpredigt, von der er kein Wort verstand, mehr gerührt als von mancher deutschen, auf die er nicht acht gab. Endlich ging er leichten Herzens mit den andern wieder fort, verzehrte in einer Herberge, wo man Deutsch verstand, mit gutem Appetit ein Stück Limburger Käse, und wenn es ihm wieder einmal schwerfallen wollte, daß so viele Leute in der Welt so reich seien und er so arm, so dachte er nur an den

Herrn Kannitverstan in Amsterdam, an sein großes Haus, an sein reiches Schiff und an sein enges Grab.

Das seltsame Rezept

Es ist sonst kein großer Spaß dabei, wenn man ein Rezept in die Apotheke tragen muß; aber vor langen Jahren war es doch einmal ein Spaß. Da hielt ein Mann von einem entlegenen Hof eines Tages mit einem Wagen und zwei Stieren vor der Stadtapotheke still, lud sorgsam eine große tannene Stubentüre ab und trug sie hinein. Der Apotheker machte große Augen und sagte: »Was wollt Ihr da, guter Freund, mit Eurer Stubentüre? Der Schreiner wohnt um zwei Häuser links.« Dem sagte der Mann, der Doktor sei bei seiner kranken Frau gewesen und habe ihr wollen ein Tränklein verordnen, so sei in dem ganzen Haus keine Feder, keine Tinte und kein Papier gewesen, nur eine Kreide. Da habe der Herr Doktor das Rezept an die Stubentüre geschrieben, und nun soll der Herr Apotheker so gut sein und das Tränklein kochen.

Item, wenn es nur gut getan hat. Wohl dem, der sich in der Not zu helfen weiß.

Der Barbierjunge von Segringen

Man muß Gott nicht versuchen, aber auch die Menschen nicht. Denn im vorigen Spätjahr kam in dem Wirtshause zu Segringen ein Fremder von der Armee an, der einen starken Bart hatte und fast wunderlich aussah, also daß ihm nicht recht zu trauen war. Der sagt zum Wirt, eh' er etwas zu essen oder zu trinken forderte: »Habt Ihr keinen Barbier im Ort, der mich rasieren kann?« Der Wirt sagt »Ja« und holt den Barbier. Zu dem sagt der Fremde: »Ihr sollt mir den Bart abnehmen, aber ich habe eine kitzliche Haut. Wenn Ihr mich nicht ins Gesicht schneidet, so bezahl' ich Euch vier Kronentaler. Wenn Ihr mich aber schneidet, so stech' ich Euch tot. Ihr wäret nicht der erste.« Wie der erschrockene Mann das hörte (denn der fremde Herr machte ein Gesicht, als wenn es nicht vexiert wäre, und das spitzige, kalte Eisen lag auf dem Tisch), so springt er fort und schickt den Gesellen. Zu dem sagt der Herr das nämliche. Wie der Gesell das nämliche hört, springt er ebenfalls fort und schickt den Lehrjungen. Der Lehrjunge läßt sich blenden von dem Geld und denkt: Ich wag's. Geratet es und ich schneide ihn nicht, so kann ich mir für vier Kronentaler einen neuen Rock auf die Kirchweihe kaufen und einen

Schnepper. Geratet's nicht, so weiß ich, was ich tue, und rasiert den Herrn. Der Herr hält ruhig still, weiß nicht, in welcher entsetzlichen Todesgefahr er ist, und der verwegene Lehrjunge spaziert ihm auch ganz kaltblütig mit dem Messer im Gesicht und um die Nase herum, als wenn's nur um einen Sechser oder im Fall eines Schnittes um ein Stücklein Zunder oder Fließpapier darauf zu tun wäre und nicht um vier Kronentaler und um ein Leben, und bringt ihm glücklich den Bart aus dem Gesicht ohne Schnitt und ohne Blut, und dachte doch, als er fertig war: Gottlob!

Als aber der Herr aufgestanden war und sich im Spiegel beschaut und abgetrocknet hatte und gibt dem Jungen die vier Kronentaler, sagt er zu ihm: »Aber, junger Mensch, wer hat dir den Mut gegeben, mich zu rasieren, so doch dein Herr und der Gesell sind fortgesprungen? Denn wenn du mich geschnitten hättest, so hätt' ich dich erstochen.« Der Lehrjunge aber bedankt sich lächelnd für das schöne Stück Geld und sagte: »Gnädiger Herr, Ihr hättet mich nicht erstochen, sondern wenn Ihr gezuckt hättet und ich hätt' Euch ins Gesicht geschnitten, so wär' ich Euch zuvorgekommen, hätt' Euch augenblicklich die Gurgel abgehauen und wäre auf und davon gesprungen.« Als der fremde Herr das hörte und an die Gefahr dachte, in der er gesessen war, ward er erst blaß vor Schrecken und Todesangst, schenkte dem Burschen noch einen Kronentaler extra und hat seitdem zu keinem Barbier mehr gesagt: »Ich steche dich tot, wenn du mich schneidest.«

Gute Antwort

Wer ausgibt, muß auch wieder einnehmen. Reitet einmal ein Mann an einem Wirtshaus vorbei, der einen stattlichen Schmerbauch hatte, also daß er auf beiden Seiten fast über den Sattel herunterhängte. Der Wirt steht auf die Staffel und ruft ihm nach: »Nachbar, warum habt Ihr denn den Zwerchsack vor Euch auf das Roß gebunden und nicht hinten?« Dem rief der Reitende zurück: »Damit ich ihn unter den Augen habe. Denn hinten gibt es Spitzbuben.« Der Wirt sagte nichts mehr.

Drei andere Wünsche

Diesmal ist aber die Frau Anna Fritze nicht dabei, auch riecht es nicht nach Rosenduft und Morgenrot, sondern nach Klingenberger und nach Kalbfleisch in einer sauren Brühe. Drei lustige Kameraden saßen beisammen zu Kehl im Lamm, und als sie das Saueressen verzehrt hatten und noch eine Flasche voll Klingenberger miteinander tranken, sprachen sie von allerlei und fingen zuletzt an zu wünschen. Endlich wurden sie der Rede eins, es sollte jeder noch einen kernhaften Wunsch tun, und wer den besten Wunsch hervorbringe, der soll frei ausgehen an der Zeche.

Da sprach der erste: »So wünsch' ich dann, daß ich alle Festungsgräben von ganz Straßburg und Kehl voll feiner Nähnadeln hätte, und zu jeder Nadel einen Schneider, und jeder Schneider müßte mir ein Jahr lang Maltersäcke nähen, und wenn ich dann jeden Maltersack voll doppelter Dublonen hätte, so wollte ich zufrieden sein.«

Der zweite sagte: »So wollt' ich denn, daß das ganze Straßburger Münster bis unter die Krone des Turms hinauf voller Wechselbriefe vom feinsten Postpapier läge, soviel darin Platz haben, und wäre mir auf jedem Wechselbrief soviel Geld verschrieben, als in allen deinen Maltersäcken Platz hat, und ich hätt's.«

Der dritte sagte: »So wollt' ich denn, daß ihr beide hättet, was ihr wünscht, und daß euch alsdann beide in *einer* Nacht der Henker holte, und ich wär euer Erbe.«

Der dritte ging frei aus der Zeche.

Der Husar in Neiße

Als im Anfang der Französischen Revolution die Preußen mit den Franzosen Krieg führten und durch die Provinz Champagne zogen, dachten sie nicht daran, daß sich das Blättlein wenden könnte und daß der Franzos noch im Jahr 1806 nach Preußen kommen und den ungebetenen Besuch wettmachen werde. Denn nicht jeder führte sich auf, wie es einem braven Soldaten in Feindesland wohl ansteht. Unter andern drang damals ein brauner preußischer Husar, der ein böser Mensch war, in das Haus eines friedlichen Mannes ein, nahm ihm all sein bares Geld, so viel war, und viel Geldswert, zuletzt auch noch das schöne Bett mit nagelneuem Überzug, und mißhandelte Mann und Frau. Ein Knabe von acht Jahren bat ihn kniend, er möchte doch seinen Eltern nur das Bett wiedergeben. Der Husar stößt ihn unbarmherzig von sich. Die Tochter läuft ihm nach, hält ihn am Dolman fest und fleht um Barmherzigkeit. Er nimmt sie und wirft sie in den Sodbrunnen, so im Hofe steht, und rettet seinen Raub. Nach Jahr und Tagen bekommt er seinen Abschied, setzt sich in der Stadt *Neiße* in Schlesien, denkt nimmer daran, was er einmal verübt hat, und meint, es sei schon lange Gras darüber gewachsen. Allein, was geschieht im Jahr 1806? Die Franzosen rücken in Neiße ein; ein junger Sergeant wird abends einquartiert bei einer braven Frau, die ihm wohl aufwartet. Der Sergeant ist auch brav, führt sich ordentlich auf und scheint guter Dinge zu sein. Den andern Morgen kommt der Sergeant nicht zum Frühstück. Die Frau denkt: Er wird noch schlafen, und stellt ihm den Kaffee ins Ofenrohr. Als er noch immer nicht kommen wollte, ging sie endlich in das Stüblein hinauf, macht leise die Türe auf und will sehen, ob ihm etwas fehlt.

Da saß der junge Mann wach und aufgerichtet im Bett, hatte die Hände ineinandergelegt und seufzte, als wenn ihm ein großes Unglück begegnet wäre oder als wenn er das Heimweh hätte oder so etwas, und sah nicht, daß jemand in der Stube war. Die Frau aber ging leise auf ihn zu und fragte ihn: »Was ist Euch begegnet, Herr Sergeant, und warum seid Ihr so traurig?« Da sah sie der Mann mit einem Blick voll Tränen an und sagte, die Überzüge dieses Bettes, in dem er heute nacht geschlafen habe, hätten vor 18 Jahren seinen Eltern in Champagne gehört, die in der Plünderung alles verloren hätten und zu armen Leuten geworden seien, und jetzt denke er an alles, und sein Herz sei voll Tränen. Denn es war der Sohn des geplünderten Mannes in Champagne und kannte die Überzüge noch, und die roten Namensbuchstaben, womit sie die Mutter gezeichnet hatte, waren ja auch noch daran. Da erschrak die gute Frau und sagte, daß sie dieses Bettzeug von einem braunen Husaren gekauft habe, der noch hier in Neiße lebe, und sie könne nichts dafür. Da stand der Franzose auf und ließ sich in das Haus des Husaren führen und kannte ihn wieder.

»Denkt Ihr noch daran«, sagte er zu dem Husaren, »wie Ihr vor 18 Jahren einem unschuldigen Mann in der Champagne Hab und Gut und zuletzt auch noch das Bett aus dem Haus getragen habt und habt keine Barmherzigkeit gehabt, als Euch ein achtjähriger Knabe um Schonung anflehte, und an meine Schwester?« Anfänglich wollte der alte Sünder sich entschuldigen, es gehe bekanntlich im Krieg nicht alles wie es sollte, und was der eine liegen lasse, hole doch ein anderer, und lieber nehme man's selber. Als er aber merkte, daß der Sergeant der nämliche war, dessen Eltern er geplündert und mißhandelt hatte, und als er ihn an seine Schwester erinnerte, versagte ihm vor Gewissensangst und Schrecken die Stimme, und er fiel vor dem Franzosen auf die zitternden Knie nieder und konnte nichts mehr herausbringen als: »Pardon!«, dachte aber: Es wird nicht viel helfen.

Der geneigte Leser denkt vielleicht auch: Jetzt wird der Franzos den Husaren zusammenhauen, und freut sich schon darauf. Allein das könnte mit der Wahrheit nicht bestehen. Denn wenn das Herz bewegt ist und vor Schmerz fast brechen will, mag der Mensch keine Rache nehmen. Da ist ihm die Rache zu klein und verächtlich, sondern er denkt: Wir sind in Gottes Hand, und will nicht Böses mit Bösem vergelten. So dachte der Franzose auch und sagte: »Daß du mich mißhandelt hast, das verzeihe ich dir. Daß du meine Eltern mißhandelt und zu armen Leuten gemacht hast, das werden dir meine Eltern verzeihen. Daß du meine Schwester in den Brunnen geworfen hast und ist nimmer davongekommen, das verzeihe dir Gott.« – Mit diesen Worten ging er fort, ohne dem Husaren das geringste zuleide zu tun, und es ward ihm in seinem Herzen wieder wohl. Dem Husaren aber war es nachher zumut, als wenn er vor dem Jüngsten Gericht gestanden wäre und hätte keinen guten Bescheid bekommen. Denn er hatte von dieser Zeit an keine ruhige Stunde mehr und soll nach einem Vierteljahr gestorben sein.

Merke: Man muß in der Fremde nichts tun, worüber man sich daheim nicht darf finden lassen.

Merke: Es gibt Untaten, über welche kein Gras wächst.

Teure Eier

Als zu seiner Zeit ein fremder Fürst nach Frankreich reiste, wurde es ihm unterwegs öd im Magen, und ließ sich in einem gemeinen Wirtshaus, wo sonst dergleichen Gäste nicht einkehren, drei gesottene Eier geben. Als er damit fertig war, forderte der Wirt dafür 300 Livres. Der Fürst fragte, ob denn hier die Eier so rar seien. Der Wirt lächelte und sagte: »Nein, die Eier nicht, aber die großen Herrn, die so etwas dafür bezahlen können.« Der Fürst lächelte auch und gab das Geld, und das war gut. Als aber der damalige König von Frankreich von der Sache hörte (es wurde ihm als Spaß erzählt), nahm er's übel, daß ein Wirt in seinem Reich sich unterstand, solche unverschämte Überforderungen zu machen, und sagte dem Fürsten: »Wenn Sie auf Ihrer Rückreise wieder an dem Wirtshaus vorbeifahren, werden Sie sehen, daß Gerechtigkeit in meinem Lande herrscht.« Als der Fürst auf seiner Rückreise wieder an dem Wirtshaus vorbeifuhr, sah er keinen Schild mehr dran, aber die Türen und Fenster waren zugemauert, und das war auch gut.

Die drei Diebe

Der geneigte Leser wird ermahnt, nicht alles für wahr zu halten, was in dieser Erzählung vorkommt. Doch ist sie in einem schönen Buch beschrieben und zu Vers gebracht.

Der Zundelheiner und der Zundelfrieder trieben von Jugend auf das Handwerk ihres Vaters, der bereits am Auerbacher Galgen mit des Seilers Tochter kopuliert war, nämlich mit dem Strick; und ein Schulkamerad, der rote Dieter, hielt's auch mit und war der jüngste. Doch mordeten sie nicht und griffen keine Menschen an, sondern visitierten nur so bei Nacht in den Hühnerställen, und wenn's Gelegenheit gab, in den Küchen, Kellern und Speichern, allenfalls auch in den Geldtrögen, und auf den Märkten kauften sie immer am wohlfeilsten ein. Wenn's aber nichts zu stehlen gab, so übten sie sich untereinander mit allerlei Aufgaben und Wagstücken, um im Handwerk weiterzukommen. Einmal im Wald sieht der Heiner auf einem hohen Baum einen Vogel auf dem Nest sitzen, denkt, er hat Eier, und fragt die andern: »Wer ist imstand und holt dem Vogel dort oben die Eier aus dem Nest, ohne daß es der Vogel merkt?« Der Frieder, wie eine Katze, klettert hinauf, naht sich leise dem Nest, bohrt langsam ein Löchlein unten drein, läßt ein Eilein nach dem andern in die Hand fallen, flickt das Nest wieder zu mit Moos und bringt die Eier. – »Aber wer dem Vogel die Eier wieder unterlegen kann«, sagt jetzt der Frieder, »ohne daß es der Vogel merkt!« Da klettert der Heiner den Baum hinan, aber der Frieder klettert ihm nach, und während der Heiner dem Vogel langsam die Eier unterschob, ohne daß es der Vogel merkte, zog der Frieder dem Heiner langsam die Hosen ab, ohne daß es der Heiner merkte. Da gab es ein groß Gelächter, und die beiden andern sagten: »Der Frieder ist der Meister.« Der rote Dieter aber sagte: »Ich sehe schon, mit euch kann ich's nicht zugleich tun, und wenn's einmal zu bösen Häusern geht, und der Unrechte kommt über uns, so ist's mir nimmer Angst für euch, aber für mich.« Also ging er fort, wurde wieder ehrlich und lebte mit seiner Frau arbeitsam und häuslich. Im Spätjahr, als die zwei andern noch nicht lang auf dem Roßmarkt ein Rößlein gestohlen hatten, besuchten sie einmal den Dieter und fragten ihn, wie es ihm gehe; denn sie hatten gehört, daß er ein Schwein geschlachtet, und wollten ein wenig achtgeben, wo es lag. Es hing in der Kammer an der Wand. Als sie fort waren, sagte der Dieter: »Frau, ich will das Säulein in die Küche tragen und die Mulde draufdecken, sonst ist es morgen nimmer unser.« In der Nacht kommen die Diebe, brechen, so leise sie können, die Mauer durch, aber die Beute war nicht mehr da. Der Dieter merkt etwas, steht auf, geht um das Haus und sieht nach. Unterdessen schleicht der Heiner um das andere Eck herum ins Haus bis zum Bett, wo die Frau lag, nimmt ihres Mannes Stimme an und sagt: »Frau, die Sau ist nimmer in der Kammer.« Die Frau sagt: »Schwätz nicht so einfältig! Hast du sie nicht selber in die Küche unter die Mulde getragen?« – »Ja so«, sagte der Heiner, »drum bin ich halb im Schlaf«, und ging, holte das Schwein und trug es unbeschrien fort, wußte in der finstern Nacht nicht, wo der Bruder ist, dachte, er wird schon kommen an den bestellten Platz im Wald. Und als der Dieter wieder ins Haus kam und nach dem Säulein greifen will, »Frau«, rief er, »jetzt haben's die Galgenstricke doch geholt.« Allein, so geschwind gab er nicht gewonnen, sondern setzte den Dieben nach, und als er den Heiner einholte (es war schon weit vom Hause weg), und als er merkte, daß er allein sei, nahm er schnell die Stimme des Frieders an und sagte: »Bruder, laß mich jetzt das Säulein tragen, du wirst müd sein.« Der Heiner meint, es sei der Bruder, und gibt ihm das Schwein, sagt, er wolle vorausgehen in den Wald und ein Feuer machen. Der Dieter aber kehrte hinter ihm um, sagte für sich selber: »Hab' ich dich wieder, du liebes Säulein?« und trug es heim. Unterdessen irrte der Frieder in der Nacht herum, bis er im Wald das Feuer sah und kam und fragte den Bruder: »Hast du die Sau, Heiner?« Der Heiner sagte: »Hast du sie denn nicht, Frieder?« Da schauten sie einander mit großen Augen an und hätten kein so prasselndes Feuer von buchenen Spänen gebraucht zum Nachtkochen. Aber desto schöner prasselte jetzt das Feuer daheim in Dieters Küche. Denn das Schwein wurde sogleich nach der Heimkunft verhauen und Kesselfleisch über das Feuer getan. Denn der Dieter sagte: »Frau, ich bin hungrig, und was wir nicht beizeiten essen, holen die Schelme doch.« Als er sich aber in einen Winkel legte und ein wenig schlummerte, und die Frau kehrte mit der eisernen Gabel das Fleisch herum und schaute einmal nach der Seite, weil der Mann im Schlaf so seufzte, kam eine zugespitzte Stange langsam durch das Kamin herab, spießte das beste Stück im Kessel an und zog's herauf; und als der Mann im Schlaf immer ängstlicher winselte und die Frau immer emsiger nach ihm sah, kam die Stange zum zweitenmal; und als die Frau den Dieter weckte: »Mann, jetzt wollen wir anrichten«, da war der Kessel leer und wär' ebenfalls kein großes Feuer nötig gewesen zum Nachtkochen. Als sie aber beide schon im Begriff waren, hungrig ins Bett zu gehen und dachten: Will der Henker das Säulein holen, so können wir's ja doch nicht heben, da kamen die Diebe vom Dach herab, durch das Loch der Mauer in die Kammer und aus der Kammer in die Stube und brachten wieder, was sie gemaust hatten. Jetzt ging ein fröhliches Leben an. Man aß und trank, man scherzte und lachte, als ob man gemerkt hätte, es sei das letztemal, und war guter Dinge, bis der Mond im letzten Viertel über das Häuslein wegging und zum zweitenmal im Dorf die Hahnen krähten und von weitem der Hund des Metzgers bellte. Denn die Strickreiter waren auf der Spur, und als die Frau des roten Dieters sagte: »Jetzt ist's einmal Zeit ins Bett«, kamen die Strickreiter von wegen des gestohlenen Rößleins und holten den Zundelheiner und den Zundelfrieder in den Turm und in das Zuchthaus.

Böser Markt

In der großen Stadt London und rings um sie her gibt es außerordentlich viel gute Narren, die an anderer Leute Geld oder Sackuhren oder kostbaren Fingerringen eine kindische Freude haben und nicht ruhen, bis sie dieselben haben. Dies bringen sie zuweg manchmal durch List und Betrug, noch öfter durch kühnen Angriff, manchmal am hellen lichten

Tag und an der offenen Landstraße. Einem geratet es, dem andern nicht. Der Kerkermeister zu London und der Scharfrichter wissen davon zu erzählen. Eine seltsame Geschichte begegnete aber eines Tags einem vornehmen und reichen Mann. Der König und viele andere große Herren und Frauen waren an einem schönen Sommertage in einem großen königlichen Garten versammelt, dessen lange gewundene Gänge sich in der Ferne in einem Wald verloren. Viele andere Personen waren auch zugegen, denen es nicht auf einen Gang und auf ein paar Stunden ankam, ihren geliebten König und seine Familie froh und glücklich zu sehen. Man aß und trank, man spielte und tanzte; man ging spazieren in den schönen Gängen und zwischen dem duftenden Rosengebüsch paarweise und allein, wie es sich traf. Da stellte sich ein Mensch, wohl gekleidet, als wenn er auch dazu gehörte, mit einer Pistole unter dem Rock in einer abgelegenen Gegend an einen Baum, wo der Garten an den Wald grenzt, dachte, es wird schon jemand kommen. Wie gesagt, so geschehen, kommt ein Herr mit funkelndem Fingerring, mit klingenden Uhrenketten, mit diamantnen Schnallen, mit breitem Ordensband und goldnem Stern, will spazieren gehn im kühlen Schatten und denkt an nichts. Indem er an nichts denkt, kommt der Geselle hinter dem Baum hervor, macht dem guten Herrn ein bescheidenes Kompliment, zieht die Pistole zwischen dem Rock und Kamisol heraus, richtet die Mündung auf des Herrn Brust und bittet ihn höflich, keinen Lärm zu machen, es brauche niemand zu wissen, was sie miteinander zu reden haben. Man muß übel dran sein, wenn man vor einer Pistole steht, weil man nicht weiß, was drin steckt. Der Herr dachte vernünftig: Der Leib ist kostbarer als das Geld: lieber den Ring verloren als den Finger, und versprach zu schweigen. »Gnädiger Herr«, fuhr jetzt der Geselle fort, »wären Euch Eure zwei goldenen Uhren nicht feil für gute Bezahlung? Unser Schulmeister richtet die Uhr alle Tage anders, man weiß nie, wie man dran ist, und an der Sonnenuhr sind die Zahlen verwischt.« Will der reiche Herr wohl oder übel, so muß er dem Halunken die Uhren verkaufen für ein paar Stüber oder etwas, so man kaum ein Schöpplein dafür kann trinken. Und so handelt ihm der Spitzbube Ring und Schnallen und Ordensstern und das goldene Herz, so er vorne auf der Brust im Hemd hatte, Stück für Stück ab um schlechtes Geld, und immer mit der Pistole in der linken Hand. Als endlich der Herr dachte: Jetzt bin ich absolviert, gottlob!, fing der Spitzbube von neuem an: »Gnädiger Herr, weil wir so gut miteinander zurechtkommen, wolltet Ihr mir nicht auch von meinen Waren etwas abhandeln?« Der Herr denkt an das Sprichwort, daß man müsse zu einem bösen Markt ein gutes Gesicht machen, und sagt: »Laßt sehen!« Da zog der Bursche allerlei Kleinigkeiten aus der Tasche hervor, so er vom Zweibatzenkrämer gekauft oder auch schon auf einer ungewischten Bank gefunden hatte, und der gute Herr mußte ihm alles abkaufen, Stück für Stück um teures Geld. Als endlich der Spitzbube nicht mehr als die Pistole übrig hatte und sah, daß der Herr noch ein paar schöne Dublonen in dem grünen seidenen Beutel hatte, sprach er noch: »Gnädiger Herr, wolltet Ihr mir für den Rest, den Ihr da in den Händen habt, nicht die Pistole abkaufen? Sie ist vom besten Büchsenschmied in London, und zwei Dublonen unter Brüdern wert.« Der Herr dachte in der Überraschung: Du dummer Dieb! und kaufte die Pistole. Als er aber die Pistole gekauft hatte, kehrte er den Stiel um und sprach: »Nun halt, sauberer Geselle, und geh augenblicklich voraus, wohin ich dich heißen werde, oder ich schieße dich auf der Stelle tot.« Der Spitzbube aber nahm einen Sprung in den Wald und sagte: »Schießt herzhaft los, gnädiger Herr, sie ist nicht geladen.« Der Herr drückte ab, und es ging wirklich nicht los. Er ließ den Ladstock in den Lauf fallen – und es war kein Körnlein Pulver darin. Der Dieb aber war unterdessen schon tief im Wald, und der vornehme

Engländer ging schamrot zurück, daß er sich also habe in Schrecken setzen lassen, und dachte an vieles.

Der silberne Löffel

In Wien dachte ein Offizier: Ich will doch auch einmal im roten Ochsen zu Mittag essen, und geht in den roten Ochsen. Da waren bekannte und unbekannte Menschen, Vornehme und Mittelmäßige, ehrliche Leute und Spitzbuben, wie überall. Man aß und trank, der eine viel, der andere wenig. Man sprach und disputierte von dem und jenem, zum Exempel von dem Steinregen bei Stannern in Mähren, von dem Machin in Frankreich, der mit dem großen Wolf gekämpft hat. Das sind dem geneigten Leser bekannte Sachen, denn er erfährt durch den *Hausfreund* alles ein Jahr früher als andere Leute. – Als nun das Essen fast vorbei war, einer und der andere trank noch eine halbe Maß Ungarwein zum Zuspitzen, ein anderer drehte Kügelein aus weichem Brot, als wenn er ein Apotheker wäre und wollte Pillen machen, ein dritter spielte mit dem Messer oder mit der Gabel oder mit dem silbernen Löffel. Da sah der Offizier von ungefähr zu, wie einer in einem grünen Rocke mit dem silbernen Löffel spielte und wie ihm der Löffel auf einmal in den Rockärmel hineinschlüpfte und nicht wieder herauskam.

Ein anderer hätte gedacht: ›Was geht's mich an?‹ und wäre still dazu gewesen oder hätte großen Lärmen angefangen. Der Offizier dachte: Ich weiß nicht, wer der grüne Löffelschütze ist und was es für einen Verdruß geben kann, und war mausstill, bis der Wirt kam und das Geld einzog. Als der Wirt kam und das Geld einzog, nahm der Offizier auch einen silbernen Löffel und steckte ihn zwischen zwei Knopflöcher im Rocke, zu einem hinein, zu dem andern hinaus, wie es manchmal die Soldaten im Kriege machen, wenn sie den Löffel mitbringen, aber keine Suppe. – Währenddem der Offizier seine Zeche bezahlte und der Wirt schaute ihm auf den Rock, dachte er: Das ist ein kurioser Verdienstorden, den der Herr da anhängen hat. Der muß sich im Kampf mit einer Krebssuppe hervorgetan haben, daß er zum Ehrenzeichen einen silbernen Löffel bekommen hat, oder ist's gar einer von meinen eigenen? Als aber der Offizier dem Wirt die Zeche bezahlt hatte, sagte er mit ernsthafter Miene: »Und der Löffel geht ja drein. Nicht wahr? Die Zeche ist teuer genug dazu.« Der Wirt sagte: »So etwas ist mir noch nicht vorgekommen. Wenn Ihr keinen Löffel daheim habt, so will ich Euch einen Patentlöffel schenken, aber meinen silbernen laßt mir da.«

Da stand der Offizier auf, klopfte dem Wirt auf die Achsel und lächelte. »Wir haben nur Spaß gemacht«, sagte er, »ich und der Herr dort in dem grünen Rock. Gebt Ihr Euern Löffel wieder aus dem Ärmel heraus, grüner Herr, so will ich meinen auch wieder hergeben.« Als der Löffelschütze merkte, daß er verraten sei und daß ein ehrliches Auge auf seine unehrliche Hand gesehen hatte, dachte er: ›Lieber Spaß als Ernst‹, und gab seinen Löffel ebenfalls her. Also kam der Wirt wieder zu seinem Eigentum, und der Löffeldieb lachte auch – aber nicht lange. Denn als die andern Gäste das sahen, jagten sie den verratenen Dieb mit Schimpf und Schande zum Tempel hinaus, und der Wirt schickte ihm den Hausknecht mit einer Handvoll ungebrannter Asche nach. Den wackern Offizier aber bewirtete er noch mit einer Bouteille voll Ungarwein auf das Wohlsein aller ehrlichen Leute.

Merke: Man muß keine silbernen Löffel stehlen.

Merke: Das Recht findet seinen Knecht.

Einträglicher Rätselhandel

Von Basel fuhren elf Personen in einem Schiff den Rhein hinab. Ein Jude, der nach Schalampi (Chalampé) wollte, bekam die Erlaubnis, sich in einen

Winkel zu setzen und mitzufahren, wenn er sich gut aufführen und dem Schiffer achtzehn Kreuzer Trinkgeld geben wolle. Nun klingelte es zwar, wenn der Jude an die Tasche schlug, allein es war doch nur noch ein Zwölfkreuzerstück darin; denn das andere war ein messingener Knopf. Dessenungeachtet nahm er die Erlaubnis dankbar an. Denn er dachte: Auf dem Wasser wird sich auch noch etwas erwerben lassen. Es ist ja schon mancher auf dem Rhein reich worden. Im Anfang und von dem Wirtshaus ›Zum Knopf‹ weg war man sehr gesprächig und lustig, und der Jude in seinem Winkel und mit seinem Zwerchsack an der Achsel, den er ja nicht ablegte, mußte viel leiden, wie man's manchmal diesen Leuten macht und versündigt sich daran. Als sie aber schon weit an Hüningen, dem Isteiner Klotz und St. Veit vorbei waren, wurde einer nach dem andern stille und gähnte und schaute den langen Rhein hinunter, bis wieder einer anfing: »Mauschel«, fing er an, »weißt du nichts, daß uns die Zeit vergeht? Deine Väter müssen doch auch auf allerlei gedacht haben in der langen Wüste.« – Jetzt, dachte der Jude, ist es Zeit, das Schäflein zu scheren, und schlug vor, man solle sich in der Reihe herum allerlei kuriose Fragen vorlegen, und er wolle mit Erlaubnis auch mithalten. Wer sie nicht beantworten kann, soll dem Aufgeber ein Zwölfkreuzerstück bezahlen, wer sie gut beantwortet, soll einen Zwölfer bekommen. Das war der ganzen Gesellschaft recht, und weil sie sich an der Dummheit oder an dem Witz des Juden zu belustigen hofften, fragte jeder in den Tag hinein, was ihm einfiel. So fragte z. B. *der erste*: »Wieviel weichgesottene Eier konnte der Riese Goliath nüchtern essen?« – Alle sagten, das sei nicht zu erraten, und bezahlten ihre Zwölfer. Aber der Jud sagte: »Eins, denn wer ein Ei gegessen hat, ißt das zweite nimmer nüchtern.« Der Zwölfer war gewonnen.

Der *andere* dachte: Wart, Jude, ich will dich aus dem *Neuen* Testament fragen, so soll mir dein Zwölfer nicht entgehen. »Warum hat der Apostel Paulus den zweiten Brief an die Korinther geschrieben?« Der Jud sagte: »Er wird nicht bei ihnen gewesen sein, sonst hätt' er's ihnen mündlich sagen können.« Wieder ein Zwölfer.

Als der *dritte* sah, daß der Jude in der Bibel so gut beschlagen sei, fing er's auf eine andere Art an: »Wer zieht sein Geschäft in die Länge und wird doch zu rechter Zeit fertig?« Der Jud sagte: »Der Seiler, wenn er fleißig ist.«

Der *vierte*. »Wer bekommt noch Geld dazu und läßt sich dafür bezahlen, wenn er den Leuten etwas weiß macht?« Der Jud sagte: »Der Bleicher.«

Unterdessen näherte man sich einem Dorf, und

einer sagte: »Das ist Bamlach.« Da fragte der *fünfte*: »In welchem Monat essen die Bamlacher am wenigsten?« Der Jud sagte: »Im Hornung, denn der hat nur 28 Tage.«

Der *sechste* sagt: »Es sind zwei leibliche Brüder, und doch ist nur einer davon mein Vetter. Der Jud sagte: »Der Vetter ist Eures Vaters Bruder. Euer Vater ist nicht Euer Vetter.«

Ein Fisch schnellte in die Höhe, so fragte der *siebente:* »Welche Fische haben die Augen am nächsten beisammen?« Der Jud sagte: »Die kleinsten.«

Der *achte* fragt: »Wie kann einer zur Sommerzeit im Schatten von Bern nach Basel reiten, wenn die Sonne scheint?« Der Jud sagt: »Wo kein Schatten ist, muß er absteigen und zu Fuß gehn.«

Fragt der *neunte*: »Wenn einer im Winter von Basel nach Bern reitet und hat die Handschuhe vergessen, wie muß er's angreifen, daß es ihn nicht an die Hand friert?« Der Jud sagt: »Er muß aus der Hand eine Faust machen.«

Fragt der *zehnte*: »Warum schlüpft der Küfer in die Fässer?« Der Jud sagt: »Wenn die Fässer Türen hätten, könnte er aufrecht hineingehen.«

Nun war noch der *elfte* übrig. Dieser fragte: »Wie können fünf Personen fünf Eier teilen, also daß jeder eins bekomme und doch eins in der Schüssel bleibe?« Der Jude sagte: »Der letzte muß die Schüssel samt dem Ei nehmen, dann kann er es darin liegen lassen, solang er will.«

Jetzt war die Reihe an ihm selber, und nun dachte er erst einen guten Fang zu machen. Mit viel Komplimenten und spitzbübischer Freundlichkeit fragte er: »Wie kann man zwei Forellen in drei Pfannen backen, also daß in jeder Pfanne eine Forelle liege?« Das brachte abermal keiner heraus und einer nach dem andern gab dem Hebräer seinen Zwölfer.

Der *Hausfreund* hätte das Herz, allen seinen Lesern, von Mailand bis nach Kopenhagen, die nämliche Frage aufzugeben und wollte ein hübsches Stück Geld daran verdienen, mehr als am Kalender, der ihm nicht viel einträgt. Denn als die Elfe verlangten, er solle ihnen für ihr Geld das Rätsel auch auflösen, wand er sich lange bedenklich hin und her, zuckte die Achsel, drehte die Augen. »Ich bin ein armer Jüd«, sagte er endlich. Die andern sagten: »Was sollen diese Präambeln? Heraus mit dem Rätsel! – »Nichts für ungut!« – war die Antwort –, »daß ich gar ein armer Jüd bin.« – Endlich, nach vielem Zureden, daß er die Auflösung nur heraussagen solle, sie wollten ihm nichts daran übelnehmen, griff er in die Tasche, nahm einen von seinen gewonnenen Zwölfern heraus, legte ihn auf das Tischlein, so im Schiffe war, und sagte: »Daß ich's auch nicht weiß. Hier ist mein Zwölfer.«

Als das die andern hörten, machten sie zwar große Augen und meinten, so sei's nicht gewettet. Weil sie aber doch das Lachen selber nicht verbeißen konnten und waren reiche und gute Leute, und der hebräische Reisegefährte hatte ihnen von Kleinkems bis nach Schalampi die Zeit verkürzt, so ließen sie es gelten, und der Jud hat aus dem Schiff getragen – das soll mir ein fleißiger Schüler im Kopf ausrechnen: »Wieviel Gulden und Kreuzer hat der Jud aus dem Schiff getragen? Einen Zwölfer und einen messingenen Knopf hatte er schon. Elf Zwölfer hat er mit Erraten gewonnen, elf mit seinem eigenen Rätsel, einen hat er zurückbezahlt und dem Schiffer 18 Kreuzer Trinkgeld entrichtet.

Des Seilers Antwort

In Donauwörth wurde zu seiner Zeit ein Roßdieb gehenkt, und der Hausfreund hat schon manchmal gedacht: Wer an den Galgen oder heutzutag ins Zuchthaus will, wozu braucht der ein Roß stehlen? Kommt man nicht zu Fuß früh genug? Der Donauwörther hat auch geglaubt, der Galgen laufe ihm davon, wenn er nicht reite, und ist das Roß einem ungeschickten Dieb in die Hände gefallen, so fiel der Dieb einem ungeschickten Henkersknecht in die

Hände. Denn als ihm dieser das hänfene Halsband hatte angelegt und stieß ihn von der Leiter vom Seigel herunter, so zuckte er noch lange mit den Augen hin und her, als wenn er sich noch ein Rößlein aussuchen wollte in der Menge. Denn unter den Zuschauern waren viele zu Pferd und auf Leiterwägen und dachten: Man sieht's besser. Als aber das Volk anfing laut zu murren, und der ungeschickte Henker wußte sich nicht zu helfen, so warf er sich endlich in der Angst an den Gehenkten hin, umfaßte ihn mit beiden Armen, als wenn er wollte von ihm Abschied nehmen, und zog mit aller Kraft, damit die Schlinge fest zusammengehen und ihm den Atem töten sollte. Da brach der Strick entzwei und fielen beide miteinander auf die Erde hinab, als wenn sie nie wären droben gewesen. Der Missetäter lebte noch, und sein Advokat hat ihn nachher gerettet. Denn er sagte: »Der Malefikant hat nur *ein* Roß gestohlen, nicht *zwei*, so hat er auch nur *einen* Strick verdient«, und hat hintendran viel lateinische Buchstaben und Zahlen gesetzt, wie sie's machen. Der Henker aber, als er nachmittags den Seiler sah, fuhr ihn ungebärdig an: »Ist das auch ein Strick gewesen?« sagte er, »man hätte Euch selber dran henken sollen.« Der Seiler aber wußte zu antworten: »Es hat mir niemand gesagt«, sagte der Seiler, »daß er zwei Schelme tragen soll. Für einen war er stark genug, du oder der Roßdieb.«

Der geheilte Patient

Reiche Leute haben trotz ihrer gelben Vögel doch manchmal auch allerlei Lasten und Krankheiten auszustehen, von denen gottlob der arme Mann nichts weiß, denn es gibt Krankheiten, die nicht in der Luft stecken, sondern in den vollen Schüsseln und Gläsern und in den weichen Sesseln und seidenen Betten, wie jener reiche Amsterdamer ein Wort davon reden kann. Den ganzen Vormittag saß er im Lehnsessel und rauchte Tabak, wenn er nicht zu träge war, oder hatte Maulaffen feil zum Fenster hinaus, aß aber zu Mittag doch wie ein Drescher, und die Nachbarn sagten manchmal: »Windet's draußen oder schnauft der Nachbar so?« – Den ganzen Nachmittag aß und trank er ebenfalls bald etwas Kaltes, bald etwas Warmes, ohne Hunger und ohne Appetit, aus lauter Langeweile bis an den Abend, also daß man bei ihm nie recht sagen konnte, wo das Mittagessen aufhörte und wo das Nachtessen anfing. Nach dem Nachtessen legte er sich ins Bett und war so müd, als wenn er den ganzen Tag Steine abgeladen oder Holz gespalten hätte. Davon bekam er zuletzt einen dikken Leib, der so unbeholfen war wie ein Maltersack. Essen und Schlaf wollte ihm nimmer schmecken, und er war lange Zeit, wie es manchmal geht, nicht recht gesund und nicht recht krank; wenn man aber ihn selber hörte, so hatte er 365 Krankheiten, nämlich alle Tage eine andere. Alle Ärzte, die in Amsterdam sind, mußten ihm raten. Er verschluckte ganze Feuereimer voll Mixturen und ganze Schaufeln voll Pulver und Pillen wie Enteneier so groß, und man nannte ihn zuletzt scherzweise nur die zweibeinige Apotheke. Aber alle Arzneien halfen ihm nichts, denn er folgte nicht, was ihm die Ärzte befahlen, sondern sagte: »Foudre, wofür bin ich ein reicher Mann, wenn ich soll leben wie ein Hund, und der Doktor will mich nicht gesund machen für mein Geld?« Endlich hörte er von einem Arzt, der 100 Stund weit weg wohnte, der sei so geschickt, daß die Kranken gesund werden, wenn er sie nur anschaue, und der Tod geh' ihm aus dem Weg, wo er sich sehen lasse. Zu dem Arzt faßte der Mann ein Zutrauen und schrieb ihm seinen Umstand. Der Arzt merkte bald, was ihm fehle, nämlich nicht Arznei, sondern Mäßigkeit und Bewegung, und sagte: »Wart, dich will ich bald kuriert haben.« Deswegen schrieb er ihm ein Brieflein folgenden Inhalts: »Guter Freund, Ihr habt einen schlimmen Umstand, doch wird Euch zu helfen sein, wenn Ihr folgen wollt. Ihr habt ein bös Tier im Bauch, einen Lindwurm mit sieben Mäulern. Mit dem Lindwurm muß ich selber reden, und Ihr müßt zu mir kommen. Aber fürs erste so dürft Ihr nicht fahren oder auf dem Rößlein reiten, sondern auf des Schuhmachers Rappen, sonst schüttelt Ihr den Lindwurm und er beißt Euch die Eingeweide ab, sieben Därme auf einmal ganz entzwei. Fürs andere dürft Ihr nicht mehr essen als zweimal des Tages einen Teller voll Gemüs, mittags ein Bratwürstlein dazu und nachts ein Ei und am Morgen ein Fleischsüpplein mit Schnittlauch drauf. Was Ihr mehr esset, davon wird nun der Lindwurm größer, also daß er Euch die Leber erdrückt, und der Schneider hat Euch nimmer viel anzumessen, aber der Schreiner. Dies ist mein Rat, und wenn Ihr mir nicht folgt, so hört Ihr im andern Frühjahr den Kuckuck nimmer schreien. Tut, was Ihr wollt!« Als der Patient so mit ihm reden hörte, ließ er sich sogleich den andern Morgen die Stiefel salben und machte sich auf den Weg, wie ihm der Doktor befohlen hatte. Den ersten Tag ging es so langsam, daß wohl eine Schnecke hätte können sein Vorreiter sein, und wer ihn grüßte, dem dankte er nicht, und wo ein Würmlein auf der Erde kroch, das zertrat er. Aber schon am zweiten und am dritten Morgen kam es ihm vor, als wenn die Vögel schon lange nimmer so lieblich gesungen hätten wie heut, und der Tau schien ihm so frisch und die Kornrosen im Feld so rot, und alle Leute, die ihm begegneten, sahen so freundlich aus, und er auch, und alle Morgen, wenn er aus der Herberge ausging, war's schöner und er ging leichter und munterer dahin, und als er am achtzehnten Tage in der Stadt des Arztes ankam und den andern Morgen aufstand, war es ihm so wohl, daß er sagte: »Ich hätte zu keiner ungeschickteren Zeit können gesund werden als jetzt, wo ich zum Doktor soll. Wenn's mir doch nur ein wenig in den Ohren brauste oder das Herzwasser lief mir.« Als er zum Doktor kam, nahm ihn der Doktor bei der Hand und sagte ihm: »Jetzt erzählt mir denn noch einmal von Grund aus, was Euch fehlt.« Da sagte er: »Herr Doktor, mir fehlt gottlob nichts, und wenn Ihr so gesund seid wie ich, so soll's mich freuen.« Der Doktor sagte: »Das hat Euch ein guter Geist geraten, daß Ihr meinem Rat gefolgt habt. Der Lindwurm ist jetzt abgestanden. Aber Ihr habt noch Eier im Leib, deswegen müßt Ihr wieder zu Fuß heimgehen und daheim fleißig Holz sägen, daß niemand sieht, und nicht mehr essen, als Euch der Hunger ermahnt, damit die Eier nicht ausschlüpfen, so könnt Ihr ein alter Mann werden«, und lächelte dazu. Aber der reiche Fremdling sagte: »Herr Doktor, Ihr seid ein feiner Kauz, und ich versteh' Euch wohl«, und hat nachher dem Rat gefolgt und 87 Jahre, 4 Monate und 10 Tage gelebt wie ein Fisch im Wasser so gesund, und hat alle Neujahr dem Arzt 20 Dublonen zum Gruß geschickt.

Wie der Zundelfrieder und sein Bruder dem roten Dieter abermals einen Streich spielen

Als der Zundelheiner und der Zundelfrieder wieder aus dem Turm kamen, sprach der Heiner zum Frieder: »Bruder, wir wollen doch den roten Dieter besuchen, sonst meint er, wir sitzen ewig in dem kalten Hundsstall beim Herr Vater auf der Herberge.« – »Wir wollen ihm einen Streich spielen«, sagte der Frieder zum Heiner, »ob er's merkt, daß wir es sind.« Also empfing der Dieter ein Brieflein ohne Unterschrift: »Roter Dieter, seid heute nacht auf Eurer Hut, denn es haben zwei Diebsgesellen eine Wette getan: Einer will Eurer Frau das Leintuch unter dem Leibe wegholen, und Ihr sollt es nicht hindern können.« Der Dieter sagte: »Das sind zwei rechte Spitzbuben aneinander. Der eine wettet, er wolle das Leintuch holen, und der andere macht einen Bericht, damit sein Kamerad die Wette nicht gewinnt. Wenn ich nicht gewiß wüßte, daß der Heiner und der Frieder im Zuchthaus sitzen, so wollt ich glauben, sie seien's.« In der Nacht schlichen die Schelme durch das Hanffeld heran. Der Heiner stellte eine Leiter ans Fenster, also daß der rote Dieter es wohl hören konnte, und steigt hinauf, schob aber einen ausgestopften Strohmann vor sich her, der aussah wie ein Mensch. Als inwendig der rote Dieter die Leiter anstellen hörte, stand er leise auf und stellte sich mit einem dicken Bengel neben das Fenster, denn das sind die besten Pistolen, sagte er zu seiner Frau: »Sie sind immer geladen«; und als er den Kopf des Strohmanns heraufwackeln sah und meinte, der sei es, riß er schnell das Fenster auf und versetzte ihm einen Schlag auf den Kopf aus aller Kraft, also daß der Heiner den Strohmann fallen ließ und einen lauten Schrei tat. Der Frieder aber stand unterdessen mausstill hinter einem Pfosten vor der Haustüre. Als aber der rote Dieter den Schrei hörte, und es war alles auf einmal still, sagte er: »Frau, es ist mir, die Sache sei nicht gut, ich will doch hinuntergehen und schauen, wie es aussieht.« Indem er zur Haustüre hinausgeht, schleicht der Frieder, der hinter dem Pfosten war, hinein, kommt bis vor das Bett, nimmt wieder, wie in der vorigen Erzählung, als sie das Säulein stahlen, des roten Dieters Stimme an, und es ist wieder ebenso wahr. »Frau«, sagte er mit ängstlicher Stimme, »der Kerl ist maustot, und denk nur, es ist des Schultheißen Sohn. Jetzt gib mir geschwind das Leintuch, so will ich ihn darin forttragen in den Wald und will ihn dort einscharren, sonst geht's zu bösen Häusern.« Die Frau erschrickt, richtet sich auf und gibt ihm das Leintuch. Kaum war er fort, so kommt der rechte Dieter wieder und sagt ganz getröstet: »Frau, es ist nur ein dummer Bubenstreich gewesen und der Dieb ist von Stroh.« Als aber die Frau ihn fragte, wo hast du denn das Leintuch, und lag auf dem bloßen Spreuersack, da gingen dem Dieter erst die Augen auf und sagte: »O ihr vermaledeiten Spitzbuben! Jetzt ist's doch der Frieder gewesen und der Heiner und kein anderer.«

Aber auf dem Heimweg sagte der Frieder zum Heiner: »Aber jetzt, Bruder, wollen wir's bleibenlassen. Denn im Zuchthaus ist doch auch alles schlecht, was man bekommt, ausgenommen die Prügel, und zum Fensterlein hinaus auf der Landstraße hat man etwas vor Augen, das auch nicht aussieht, als wenn man gern dran hängen möchte.« Also wurde auch der Frieder wieder ehrlich. Aber der Heiner sagte: »Ich geb's noch nicht auf.«

Der kluge Sultan

Zu dem Großsultan der Türken, als er eben an einem Freitag in die Kirche gehen wollte, trat ein armer Mann von seinen Untertanen mit schmutzigem Bart, zerfetztem Rock und durchlöcherten Pantoffeln, schlug ehrerbietig und kreuzweise die Arme übereinander und sagte: »Glaubst du auch, großmächtiger Sultan, was der heilige Prophet sagt?« Der Sultan, so ein gütiger Herr war, sagte: »Ja, ich glaube, was der Prophet sagt.« Der arme Mann fuhr fort: »Der Prophet sagt im Alkoran: Alle Muselmänner (das heißt alle Mohammedaner) sind Brüder. Herr Bruder, so sei so gut und teile mit mir das Erbe.« Dazu lächelte der Kaiser und dachte: Das ist eine neue Art, ein Almosen zu betteln, und gibt ihm einen Löwentaler. Der Türke beschaut das Geldstück lang auf der einen Seite und auf der andern Seite. Am Ende schüttelt er den Kopf und sagt: »Herr Bruder, wie komme ich zu einem schäbigen Löwentaler, so du doch mehr Silber und Gold hast, als hundert Maulesel tragen können, und meinen Kindern daheim werden vor Hunger die Nägel blau, und mir wird nächstens der Mund ganz zusammenwachsen. Heißt das geteilt mit einem Bruder?« Der gütige Sultan aber hob warnend den Finger in die Höhe und sagte: »Herr Bruder, sei zufrieden und sage ja niemand, wieviel ich dir gegeben habe, denn unsere Familie ist groß, und wenn unsere andern Brüder alle auch kommen und verlangen ihr Erbteil von mir, so wird's nicht reichen, und du mußt noch herausgeben.« Das begriff der Herr Bruder, ging zum Bäckermeister Abu Tlengi und kaufte ein Laiblein Brot für seine Kinder, der Kaiser aber begab sich in die Kirche und verrichtete sein Gebet.

Der Zirkelschmied

In einer schwäbischen Reichsstadt galt zu seiner Zeit ein Gesetz, daß, wer sich an einem verheirateten Mann vergreift und gibt ihm eine Ohrfeige, der muß fünf Gulden Buße bezahlen und kommt 24 Stunden lang in den Turm. Deswegen dachte am Andreastag ein verarmter Zirkelschmied im Vorstädtlein: Ich kann doch auf meinen Namenstag ein gutes Mittagessen im goldenen Lamm bekommen, wenn ich schon keinen roten Heller hier und daheim habe und seit zwei Jahren nimmer weiß, ob die bairischen Taler rund oder eckig sind. Darauf läßt er sich vom Lammwirt ein gutes Essen auftragen und trinkt viel Wein dazu, also daß die Zeche zwei Gulden fünfzehn Kreuzer ausmachte, was damals auch für einen wohlhabenden Zirkelschmied schon viel war. Jetzt dachte er, will ich den Lammwirt zornig machen und in Jast bringen. »Das war ein schlechtes Essen, Herr Lammwirt«, sagte er, »für ein so schönes Geld. Es wundert mich, daß Ihr nicht schon lang ein reicher Mann seid, wovon ich doch noch nichts habe rühmen hören.« Der Wirt, so ein Ehrenmann war, antwortete auch nicht glimpflich, wie es ihm der Zorn eingab, und es hatte ihm schon ein paarmal im Arme gejuckt. Als aber der Zirkelschmied zuletzt sagte: »Es soll mir eine Warnung sein, denn ich habe mein Leben lang gehört, daß man in den schlechtesten Kneipen, wie Euer Haus eine ist, am teuersten gehalten wird.« Da gab ihm der Wirt eine entsetzliche Ohrfeige, die zwei Dukaten unter Brüdern wert war, und sagte, er soll jetzt sogleich seine Zeche bezahlen, »oder ich lasse Euch durch die Knechte bis in die Vorstadt hinausprügeln.« Der Zirkelschmied aber lächelte und sagte: »Es ist nur mein Spaß gewesen, Herr Lammwirt, und Euer Mittagessen war recht gut. Gebt mir nun für die Ohrfeige, die ich von Euch bar erhalten habe, zwei Gulden fünfundvierzig Kreuzer auf mein Mittagessen heraus, so will ich Euch nicht verklagen. Es ist besser, wir leben im Frieden miteinander als in Feindschaft. Hat nicht Eure selige Frau meiner Schwester Tochter ein Kind aus der Taufe gehoben?« – Zu diesen Worten machte der Lammwirt ein paar kuriose Augen, denn er war sonst ein gar unbescholtener und dabei wohlhabender Mann, und wollte lieber viel Geld verlieren, als wegen eines Frevels von der Obrigkeit sich strafen lassen und nur eine Stunde des Turmhüters Hausmann sein. Deswegen dachte er: Zwei Gulden und fünfzehn Kreuzer hat mir der Halunke schon mit Essen und Trinken abverdient; besser, ich gebe ihm noch 2 fl. 45 kr. drauf, als daß ich das Ganze noch einmal bezahlen muß und dazu beschimpft werde. Also gab er ihm die 2 fl. 45 kr., sagte aber: »Jetzt komm mir nimmer ins Haus!«

Drauf sagte man, habe es der Zirkelschmied in andern Wirtshäusern versucht, und die Ohrfeigen seien noch ein- oder zweimal *al pari* gestanden, wie die Kaufleute sagen, wenn ein Wechselbrief so viel gilt als das bare Geld, wofür er verschrieben ist. Drauf seien sie schnell auf 50 Prozent heruntergesunken, und am Ende wie die Assignaten in der Revolution so unwert geworden, daß man jetzt wieder durch das ganze Schwabenland hinaus bis an die bairische Grenze so viele unentgeltlich ausgeben und wieder einnehmen kann, als man ertragen mag.

Der Star von Segringen

Selbst einem Staren kann es nützlich sein, wenn er etwas gelernt hat, wieviel mehr einem Menschen. – In einem respektablen Dorf, ich will sagen in Segringen, es ist aber nicht dort geschehen, sondern hier im Land, und derjenige, dem es begegnet ist, liest es vielleicht in diesem Augenblick, nicht der Star, aber der Mensch. In Segringen der Barbier hatte einen Star, und der wohlbekannte Lehrjunge gab ihm Unterricht im Sprechen. Der Star lernte nicht nur alle Wörter, die ihm sein Sprachmeister aufgab, sondern er ahmte zuletzt auch selber nach, was er von seinem Herrn hörte, zum Exempel: »Ich bin der Barbier von Segringen.«. Sein Herr hatte sonst noch allerlei Redensarten an sich, die er bei jeder Gelegenheit wiederholte, zum Exempel: *So, so, la, la;* oder: *Par Compagnie* (das heißt so viel als: *in Gesellschaft mit andern);* oder: *Wie Gott will*; oder: *Du Tolpatsch*. So titulierte er nämlich insgemein den Lehrjungen, wenn er das halbe Pflaster auf den Tisch strich, anstatt aufs Tuch, oder wenn er das Schermesser am Rücken abzog anstatt an der Schneide, oder wenn er ein Arzneiglas zerbrach. Alle diese Redensarten lernte nach und nach der Star auch. Da nun täglich viel Leute im Haus waren, weil der Barbier auch Branntwein ausschenkte, so gab's manchmal viel zu lachen, wenn die Gäste miteinander ein Gespräch führten, und der Star warf auch eines von seinen Wörtern drein, das sich dazu schickte, als wenn er den Verstand davon hätte, und manchmal, wenn ihm der Lehrjunge rief: »Hansel, was machst du?« antwortete er: »Du Tolpatsch!« Und alle Leute in der Nachbarschaft wußten von dem Hansel zu erzählen. Eines Tages aber, als ihm die beschnittenen Flügel wieder gewachsen waren und das Fenster war offen und das Wetter schön, da dachte der Star: ›Ich hab' jetzt schon so viel gelernt, daß ich in der Welt kann fortkommen‹, und husch zum Fenster hinaus. Weg war er. Sein erster Flug ging ins Feld, wo er sich unter eine Gesellschaft anderer Vögel mischte, und als sie aufflogen, flog er mit ihnen, denn er dachte: ›Sie wissen die Gelegenheit hierzuland besser als ich.‹. Aber sie flogen unglücklicherweise alle miteinander in ein Garn. Der Star sagte: »Wie Gott will.« Als der Vogelsteller kommt und sieht, was für einen großen Fang er getan hat, nimmt er einen Vogel nach dem andern behutsam heraus, dreht ihm den Hals um und wirft ihn auf den Boden. Als er aber die mörderischen Finger wieder nach einem Gefangenen ausstreckte und an nichts denkt, schrie der Gefangene: »Ich bin der Barbier von Segringen.« Als wenn er wüßte, was ihn retten muß. Der Vogelsteller erschrak anfänglich, als wenn es hier nicht mit rechten Dingen zuginge, nachher aber, als er sich erholt hatte, konnte er kaum vor Lachen zu Atem kommen; und als er sagte: »Ei, Hansel, hier hätt' ich dich nicht gesucht, wie kommst du in meine Schlinge?«, da antwortete der Hansel: »Par Compagnie.« Also brachte der Vogelsteller den Star seinem Herrn wieder und bekam ein gutes Fanggeld. Der Barbier aber erwarb sich damit einen guten Zuspruch, denn jeder wollte den merkwürdigen Hansel sehen, und wer jetzt noch weit und breit in der Gegend will zur Ader lassen, geht zum Balbierer von Segringen.

Merke: So etwas passiert einem Staren selten. Aber schon mancher junge Mensch, der auch lieber herumflanieren als daheim bleiben wollte, ist ebenfalls *par Compagnie* in die Schlinge geraten und nimmer herausgekommen.

Wie man in den Wald schreit, also schreit es daraus

Ein Mann, der etwas gleich sah, aber nicht viel Komplimente machte, kommt in ein Wirtshaus. Alle Gäste, die da waren, zogen höflich den Hut oder die Kappe vor ihm ab, bis auf einen, der ihn nicht kommen sah, weil er gerade die Stiche zählte, die er im Mariaschen von seinem Nachbar gewonnen hatte. Und als er eben das Herz-As durch die Finger schob und sagte: »Zweiundfünfzig und elf sind dreiundsechzig«, und bemerkte immer den Fremden noch nicht, der etwas gleich sah, fragte ihn der Fremde: »Herr, für was seht Ihr mich an?« Der Gast sagte: »Für einen honetten Mann; was weiß ich von Euch?« Der Fremde sagte: »Das dank' Euch ein anderer.« Da stand der Gast vom Spieltisch auf und fragte: »Für was sieht denn der Herr mich an?« Der Fremde sagte: »Für einen Flegel.« Darauf sagte der Gast: »Das danke dem Herrn auch ein anderer. Ich merke, daß wir einander beide für den Unrechten angesehen haben.« Als aber die andern Gäste merkten, daß doch auch in einem feinen Rock ein grober Mensch stecken könne, setzten sie alle die Hüte wieder auf, und der Fremde konnte nichts machen, als ein andermal manierlicher sein.

Das letzte Wort

Zwei Eheleute in einem Dorf an der Donau, herwärts Ulm, lebten miteinander, die waren nicht füreinander gemacht, und ihre Ehe ward nicht im Himmel geschlossen. Sie war verschwenderisch und hatte eine Zunge wie ein Schwert; er war karg, was nicht etwa in den eigenen Mund und Magen ging. Nannte er sie eine *Vergeuderin*, so schimpfte sie ihn einen *Knicker*, und es kam nur auf ihn an, wie oft er seinen Ehrentitel des Tages hören wollte. Denn wenn er hundertmal in einer Stunde Vergeuderin sagte, sagte sie hundertundeinmal: Du Knicker, und das letzte Wort gehörte allemal ihr. Einmal fingen sie wieder miteinander an, als sie ins Bett gingen und sollen's getrieben haben bis früh um fünf Uhr, und als ihnen zuletzt vor Müdigkeit die Augen zufielen und ihr das Wort auf der Zunge einschlafen wollte, kneifte sie sich mit den Nägeln in den Arm und sagte noch einmal. *Du Knicker!* Darüber verlor er alle Liebe zur Arbeit und zur Häuslichkeit und lief fort, sobald er konnte, und wohin? Ins Wirtshaus. Und was im Wirtshaus? Zuerst trinken, darnach spielen, endlich saufen, anfänglich um bares Geld, zuletzt auf die Kreide. Denn wenn die Frau nichts zu Rat hält und der Mann nichts erwirbt, in einer solchen Tasche darf schon ein Loch sein, es fällt nichts heraus. Als er aber im roten Rößlein den letzten Rausch gekauft hatte und konnte ihn nicht bezahlen und der Wirt schrieb seinen Namen und seine Schuld, sieben Gulden einundfünfzig Kreuzer, an die Stubentür, und als er nach Haus kam und die Frau erblickte, »nichts als Schimpf und Schande hat man von dir, du Vergeuderin«, sagte er zu ihr. »Und nichts als Unehre und Verdruß hat man von dir, du Säufer, du der und jener, du Knicker«, sagte sie. Da stieg es schwarz und grimmig in seinem Herzen auf, und die zwei bösen Geister, die in ihm wohnten, nämlich der Zorn und der Rausch, sagten zu ihm: ›Wirf die Bestie in die Donau.‹ Das ließ er sich nicht zweimal sagen. »Wart, ich will dir zeigen, du Vergeuderin (»Du Knicker«, sagte sie ihm drauf), ich will dir schon zeigen, wo du hingehörst«, und trug sie in die Donau. Und als sie schon mit dem Mund im Wasser war, aber die Ohren waren noch oben, rief der Unmensch noch einmal: »Du Vergeuderin.« Da hob die Frau noch einmal die Arme aus dem Wasser empor und drückte den Nagel des rechten Daumens auf den Nagel des linken, wie man zu tun pflegt, wenn man einem gewissen Tierlein den Tod antut, und das war ihr Letztes. – Dem geneigten Leser, der auf Recht und Gerechtigkeit hält, wird man nicht sagen dürfen, daß der unbarmherzige Mörder auch nimmer lebt, sondern er ging heim und henkte sich noch in der nämlichen Nacht an den Pfosten.

Gutes Wort, böse Tat

In einem edelmännischen Dorf trifft ein Bauer den Herrn Schulmeister im Felde an. »Ist's noch Euer Ernst, Schulmeister, was Ihr gestern den Kindern zergliedert habt: So dich jemand schlägt auf deinen rechten Backen, dem biete den andern auch dar?« Der Herr Schulmeister sagt: »Ich kann nichts davon und nichts dazu tun. Es steht im Evangelium.« Also gab ihm der Bauer eine Ohrfeige und die andere auch, denn er hatte schon lang einen Verdruß auf ihn. Indem reitet in einer Entfernung der Edelmann vorbei und sein Jäger. »Schau doch nach, Joseph, was die zwei dort miteinander haben.« Als der Joseph kommt, gibt der Schulmeister, der ein starker

Mann war, dem Bauer auch zwei Ohrfeigen und sagte: »Es steht auch geschrieben: Mit welcherlei Maß ihr messet, wird euch wieder gemessen werden. Ein voll gerüttelt und überflüssig Maß wird man in euern Schoß geben«; und zu dem letzten Sprüchlein gab er ihm noch ein halbes Dutzend drein. Da kam der Joseph zu seinem Herrn zurück und sagte: »Es hat nichts zu bedeuten, gnädiger Herr; sie legen einander nur die heilige Schrift aus.«

Merke: Man muß die heilige Schrift nicht auslegen, wenn man's nicht versteht, am allerwenigsten so. Denn der Edelmann ließ den Bauern noch selbige Nacht in den Turm werfen auf sechs Tage, und dem Herrn Schulmeister, der mehr Verstand und Respekt vor der Bibel hätte haben sollen, gab er, als die Winterschule ein Ende hatte, den Abschied.

Der Heiner und der Brassenheimer Müller

Eines Tages saß der Heiner ganz betrübt in einem Wirtshaus und dachte daran, wie ihn zuerst der rote Dieter und darnach sein eigener Bruder verlassen haben und wie er jetzt allein ist. Nein, dachte er, es ist bald keinem Menschen mehr zu trauen, und wenn man meint, es sei einer noch so ehrlich, so ist er ein Spitzbub. Unterdessen kommen mehrere

Gäste in das Wirtshaus und trinken Neuen, und »wißt ihr auch«, sagte einer, »daß der Zundelheiner im Land ist und morgen wird im ganzen Amt ein Treibjagen auf ihn angestellt, und der Amtmann und die Schreiber stehen auf dem Anstand?« Als das der Heiner hörte, wurde es ihm grün und gelb vor den Augen, denn er dachte, es kenne ihn einer und jetzt sei er verraten. Ein anderer aber sagte: »Es ist wieder einmal ein blinder Lärm. Sitzt nicht der Heiner und sein Bruder zu Wollenstein im Zuchthaus?« Drüber kommt auf einem wohlgenährten Schimmel der Brassenheimer Müller mit roten Pausbacken und kleinen freundlichen Augen dahergeritten. Und als er in die Stube kam und tut den Kameraden, die bei dem Neuen sitzen, Bescheid und hört, daß sie von dem Zundelheiner sprechen, sagt er: »Ich hab' schon soviel von dem Zundelheiner erzählen gehört. Ich möcht' ihn doch auch einmal sehen.« Da sagte ein anderer: »Nehmt Euch in acht, daß Ihr ihn nicht zu früh zu sehen bekommt. Es geht die Rede, er sei wieder im Land.« Aber der Müller mit seinen Pausbacken sagte: »Pah! Ich komm' noch bei guter Tageszeit durch den Fridstädter Wald, dann bin ich auf der Landstraße, und wenn's fehlen will, geb' ich dem Schimmel die Sporen.« Als das der Heiner hörte, fragte er die Wirtin: »Was bin ich schuldig?« und geht fort in den Fridstädter Wald. Unterwegs begegnet ihm auf der Bettelfuhr ein lahmer Mensch. »Gebt mir für ein Käsperlein Eure Krücke«, sagte er zu dem lahmen Soldaten. »Ich habe das linke Bein übertreten, daß ich laut schreien möchte, wenn ich drauftreten muß. Im nächsten Dorf, wo Ihr abgeladen werdet, macht Euch der Wagner eine neue.« Also gab ihm der Bettler die Krücke. Bald darauf gehen zwei betrunkene Soldaten an ihm vorbei und singen das Reiterlied. Wie er in den Fridstädter Wald kommt, hängt er die Krücke an einen hohen Ast, setzt sich ungefähr sechs Schritte davon weg an die Straße und zieht das linke Bein zusammen, als wenn er lahm wäre. Drüber kommt auf stattlichem Schimmel der Müller dahertrottiert und macht ein Gesicht, als wenn er sagen wollte: »Bin ich nicht der reiche Müller, und bin ich nicht der schöne Müller, und bin ich nicht der witzige Müller?« Als aber der witzige Müller zu dem Heiner kam, sagte der Heiner mit kläglicher Stimme: »Wolltet Ihr nicht ein Werk der Barmherzigkeit tun an einem armen lahmen Mann. Zwei betrunkene Soldaten, sie werden Euch wohl begegnet sein, haben mir all mein Almosengeld abgenommen und haben mir aus Bosheit, daß es so wenig war, die Krücke auf jenen Baum geschleudert, und ist an den Ästen hängenblieben, daß ich nun nimmer weiterkann. Wolltet Ihr nicht so gut sein und sie mit Eurer Peitsche herabzwicken?« Der Müller sagte: »Ja, sie sind mir begegnet an der Waldspitze. Sie haben gesungen: *So herzig wie mein Lisel ist halt nichts auf der Welt.*« Weil aber der Müller auf einem schmalen Steg über einen Graben zu dem Baum mußte, so stieg er von dem Roß ab, um die Krücke herabzuzwicken. Als er aber an dem Baum war und schaut hinauf, schwingt sich der Heiner schnell wie ein Adler auf den stattlichen Schimmel, gibt ihm mit dem Absatz die Sporen und reitet davon: »Laßt Euch das Gehen nicht verdrießen«, rief er dem Müller zurück, »und wenn Ihr heimkommt, so richtet Eurer Frau einen Gruß aus von dem Zundelheiner!« Als er aber eine Viertelstunde nach Betzeit nach Brassenheim und an die Mühle kam und alle Räder klapperten, daß ihn niemand hörte, stieg er vor der Mühle ab, band dem Müller den Schimmel wieder an der Haustüre an und setzte seinen Weg zu Fuß fort.

Der falsche Edelstein

In einem schönen Garten vor Straßburg vor dem Metzgertor, wo jedermann für sein Geld hineingehen und lustig und honett sein darf, da saß ein wohlgekleideter Mann, der auch sein Schöpplein trank, und hatte einen Ring am Finger mit einem kostbaren Edelstein und spiegelte den Ring. So kommt ein Jude und sagt: »Herr, Ihr habt einen schönen Edelstein in Eurem Fingerring, dem wär ich auch nicht feind. Glitzert er nicht wie das Urim und Thummim in dem Brustschildlein des Priesters Aron?« Der wohlgekleidete Fremde sagte ganz kurz und trocken: »Der Stein ist falsch; wenn er gut wäre, steckte er wohl an einem andern Finger als an dem meinigen.« Der Jud bat den Fremden, ihm den Ring in die Hand zu geben. Er wendet ihn hin, er wendet ihn her, dreht den Kopf rechts, dreht den Kopf links. Soll dieser Stein nicht echt sein?, dachte er und bot dem Fremden für den Ring zwei neue Dublonen. Der Fremde sagte ganz unwillig: »Was soll ich Euch betrügen? Ihr habt es schon gehört, der Stein ist falsch.« Der Jude bittet um Erlaubnis, ihn einem Kenner zu zeigen, und einer, der dabei saß, sagte: »Ich stehe gut für den Israeliten, der Stein mag wert sein, was er will.« Der Fremde sagte: »Ich brauche keinen Bürgen, der Stein ist nicht echt.«

In dem nämlichen Garten saß damals an einem andern Tisch auch der Hausfreund mit seinen Gevatterleuten und waren auch lustig und honett für ihr Geld, und einer davon ist ein Goldschmied, der's versteht. Einem Soldaten, der in der Schlacht bei Austerlitz die Nase verloren hatte, hat er eine silberne angesetzt und mit Fleischfarbe angestrichen, und die Nase war gut. Nur einblasen einen lebendigen Odem in die Nase, das konnte er nicht. Zu dem Gevattermann kommt der Jude. »Herr«, sagte er, »soll dieses kein echter Edelstein sein? Kann der König Salomon einen schönern in der Krone getragen haben?« Der Gevattermann, der auch ein halber Sternseher ist, sagte: »Er glänzt wie am Himmel der Aldebaran. Ich verschaffe Euch 90 Dublonen für den Ring. Was Ihr ihn wohlfeiler bekommt, ist Euer Schmuhs.« Der Jud kehrt zu dem Fremden zurück. »Echt oder unecht, ich gebe Euch sechs Dublonen«, und zählte sie auf den Tisch, funkelnagelneu. Der Fremde steckte den Ring wieder an den Finger und sagte jetzt: »Er ist mir gar nicht feil. Ist der falsche Edelstein so gut nachgemacht, daß Ihr ihn für einen rechten haltet, so ist er mir auch so gut«, und steckte die Hand in die Tasche, daß der lüsterne Israelit den Stein gar nicht mehr sehen konnte. – »Acht Dublonen.« Nein. – »Zehn Dublonen.« Nein. – »Zwölf – vierzehn – fünfzehn Dublonen.« – »Nun denn«, sagte endlich der Fremde, »wenn Ihr mir keine Ruhe lassen und mit Gewalt wollt betrogen sein. Aber ich sage es Euch vor allen diesen Herren da, der Stein ist falsch, und ich gebe Euch kein gut Wort mehr dafür. Denn ich will keinen Verdruß haben. Der Ring ist Euer.« Jetzt brachte der Jud voll Freude dem Gevattermann den Ring. »Morgen komm ich zu Euch und hole das Geld.« Aber der Gevattermann, den noch niemand angeführt hat, machte ein paar große Augen. »Guter Freund, das ist nicht mehr der nämliche Ring, den Ihr mir vor zwei Minuten gezeigt habt. Dieser Stein ist zwanzig Kreuzer wert zwischen Brüdern. So macht man sie bei Sankt Blasien in der Glashütte.« Denn der Fremde hatte wirklich einen falschen Ring in der Tasche, der völlig wie der gute aussah, den er zuerst am Finger spiegelte, und während der Jude mit ihm handelte und er die Hand in der Tasche hatte, streifte er mit dem Daumen den echten Ring vom Finger ab und steckte den Finger in den falschen, und den bekam der Jud. Da fuhr der Betrogene, als wenn er auf einer brennenden Rakete geritten wäre, zu dem Fremden zurück: »Au weih, au weih! Ich bin ein betrogener Mann, ein unglücklicher Mann, der Stein ist falsch.« Aber der Fremde sagte ganz kaltblütig und gelassen: »Ich hab' ihn Euch für falsch verkauft. Diese Herren hier sind Zeugen. Der Ring ist Euer. Hab' ich Euch ihn angeschwätzt, oder habt Ihr ihn mir abgeschwätzt?« Alle Anwesenden mußten gestehen: »Ja, er hat ihm den Stein für falsch verkauft und gesagt, der Ring ist Euer.« Also mußte der Jud den Ring behalten, und die Sache wurde nachher unterdrückt.

Das schlaue Mädchen

In einer großen Stadt hatten viele reiche und vornehme Herren einen lustigen Tag. Einer von ihnen dachte: ›Könnt ihr heute dem Wirt und den Musikanten wenigstens 1500 Gulden zu verdienen geben, so könnt ihr auch etwas für die liebe Armut steuern.‹ Also kam, als die Herren am fröhlichsten waren, ein hübsches und nett gekleidetes Mädchen mit einem Teller und bat mit süßen Blicken und liebem Wort um eine Steuer für die Armen. Jeder gab, der eine weniger, der andere mehr, je nachdem der Geldbeutel beschaffen war und das Herz. Denn kleiner Beutel und enges Herz gibt wenig. Weiter Beutel und großes Herz gibt viel. So ein Herz hatte derjenige, zu welchem das Mägdlein jetzt kommt. Denn als er ihm in die hellen schmeichelnden Augen schaute, ging ihm das Herz fast in Liebe auf. Deswegen legte er zwei Louisdor auf den Teller und sagte dem Mägdlein ins Ohr: »Für deine zwei schönen blauen Augen.« Das war nämlich so gemeint: »Weil du schöne Fürbitterin für die Armen zwei so schöne Augen hast, so geb' ich den Armen zwei so schöne Louisdor, sonst tät's einer auch.« Das schlaue Mädchen aber stellte sich, als wenn es die Sache ganz anders verstünde. Denn weil er sagte: »Für deine zwei schöne Augen« – nahm es ganz züchtig die zwei Louisdor vom Teller weg, steckte sie in die eigene Tasche und sagte mit schmeichelnden Gebärden: »Schönen herzlichen Dank! Aber seid so gut und gebt mir jetzt auch noch etwas für die Armen.« Da legte der Herr noch einmal zwei Louisdor auf den Teller, kneifte das Mägdlein freundlich in die Backen und sagte: »Du kleiner Schalk!« Von den andern aber wurde er ganz entsetzlich ausgelacht, und sie tranken auf des Mägdleins Gesundheit, und die Musikanten machten einen Tusch.

Vereitelte Rachsucht

Der Amtmann in Nordheim ließ im Krieg in den neunziger Jahren fünf Gauner henken, und waren's in der ersten Viertelstunde so gut gewohnt, daß keiner mehr herabverlangte, und je nachdem der Wind ging, exerzierten sie miteinander zum Zeitvertreib, rechts um, links um, ohne Flügelmann. Aber einem seine Beiläuferin, die einen Buben von ihm hatte, sagte: »Wart, Amtmann, ich will dir's eintränken.« Ein paar Tage darauf reitet die östreichische Patrouille gegen das Städtlein am Galgen vorbei, da sagt einer zu dem andern: »Es lauft dir eine Spinne am Hut, so groß wie ein Taubenei.« Also zieht der andere vor dem Gehenkten den Hut ab, und die Gehenkten, weil eben der Wind aus Westen ging, drehten sich und machten Front. Indem schleicht von weitem ein Büblein von der Straße ab hinter eine Hecke, wie einer, der keine guten Briefe hat. Aber das Büblein hatte gar keine, weder gute noch schlechte. Denn als einer von den Dragonern auch um die Hecke ritt, fiel der Junge vor ihm auf die Knie und sagte mit Zittern und mit Beben: »Pardon! Ich hab' sie alle ins Wasser geworfen.« Der Dragoner sagte: »Was hast du ins Wasser geworfen?« – »Die Briefe.« – »Was für Briefe?« – »Die Briefe vom Amtmann an die Franzosen. Wenn Östreicher ins Land kommen«, sagte der Bursche, »muß ich dem Amtmann Boten laufen ins französische Lager. Diesmal hatte ich drei Briefe, einen an den Dürrmeier.« Also holten die Dragoner mir nichts, dir nichts den Amtmann ab, wie er ging und stand, und mußte in den Pantoffeln zwischen den Pferden im Kot mitlaufen und spritzte die Rosse nicht sehr, aber die Rosse ihn, und der Bub mußte auch mit. Der Amtmann war so unschuldig als der römische Kaiser selbst, hätte sich für die östreichischen Waffen lebendig die Haut abziehen lassen, hatte sechs Kinder, eines schöner als das andere, und eine schwangere Frau. Aber das war die Rache, die ihm die Gaunerin zugedacht hatte, als sie sagte: »Wart,

Amtmann, ich will dir's gedenken.« Im Lager, als er zu dem General geführt wurde und die Hohenzollern-Kürassiere und Kaiser-Dragoner und Erdödi-Husaren sahen ihn vorbeiführen, sagte einer von der Patrouille seinem Kameraden vom Pferd herab: »Es ist ein Spion.« Der Kamerad sagte: »Strick ist sein Lohn.« Und der Offizier, an den sie ihn ablieferten, war auch der Meinung und bestellte spottweise schon bei ihm einen Gruß an den Schwarzen und seine Großmutter. Dem Hausfreund ist's aber bei dieser Geschichte nicht halb so angst als dem geneigten Leser, denn ohne seinen Willen kann der Amtmann nicht sterben, sondern als er vor das Verhör geführt wurde, schaute ihn der Hauptmann Auditor mit Verwunderung und Bedauern an und sagte: »Seid Ihr nicht der nämliche, der mich vor einem Jahr drei Tage lang im Keller hinter der Sauerkrautstande vor den Franzosen verborgen hat, und habt Schläge genug von ihnen bekommen, und als sie Euch oben den Speck verzehrten, aß ich unten das Sauerkraut dazu, samt den Gumbistäpfeln.« Der Amtmann sagte: »Gott erkennt's, und ich bin so unschuldig als die Mutter Gottes in der Kirche, so doch von Lindenholz ist und ihr Leben lang noch keinen Buchstaben geschrieben hat.« Indem kamen auch mehrere gute Freunde und angesehene Bürger von Nordheim ins Hauptquartier und bezeugten seine Rechtschaffenheit und Treue und was er schon für Drangsalierung von den Franzosen habe ausstehen müssen und wie auf seine Anordnung der letzte Sieg der Östreicher mit Katzenköpfen gefeiert wurde, daß der Kirchturm wackelte, und er selber habe keinen Rausch gehabt, aber einen Stich. Der Haupt-Auditor, der noch immer daran dachte, wie er drei Tage lang in des Amtmanns Keller in der verborgenen Garnison lag, hinter dem Schanzkorb, hinter der Sauerkrautstande, war geneigter, ja zu glauben als nein. Also ließ er den Amtmann hinausführen und den Buben herein und tat ein paar verfängliche Fragen an ihn, sagte ihm aber nicht, daß sie verfänglich waren. Deswegen war der Bursche, so sehr er die Spitzbubenmilch an der Mutter Brüste eingesogen hatte, mit seinem Ja und Nein so unvorsichtig, daß er in wenig Minuten nimmer links, nimmer rechts auszuweichen wußte und alles gestand. Also bekam er links und rechts fünfzehn Hiebe vom Profoß und begleitete freiwillig die Mutter ins Zuchthaus nach Heiligenberg. Der Amtmann aber aß mit dem Hauptmann Auditor bei dem Generalfeldmarschall zu Nacht und den andern Tag bei seiner Frau und Kindern zu Mittag, und der Hausfreund tut auch einen Freudentrunk, daß er wieder ein Exempel der Gerechtigkeit statuiert hat.

Wie eine greuliche Geschichte durch einen gemeinen Metzgerhund ist an das Tageslicht gebracht worden

Zwei Metzger gehen miteinander aufs Gäu, kommen in ein Dorf, teilen sich, einer links an der Schwanen vorbei, einer rechts, sagen, in der Schwanen kommen wir wieder zusammen. Sind nimmer zusammengekommen. Denn einer von ihnen geht mit einem Bauer in den Stall, die Frau, so zwar eine Wäsche in der Küche hatte, geht auch mit, so läuft das Kind für sich selber auch nach. Stößt der Teufel die Frau an den Ellenbogen: »Sieh, was dem Metzger ein Gurt voll Geld unter dem Brusttuch hervorschaut!« Die Frau winkt dem Mann, der Mann winkt der Frau, schlagen im Stall den armen Metzger tot und bedecken den Leichnam in der Geschwindigkeit mit Stroh. Stößt der Teufel die Frau noch einmal am Ellenbogen: »Sieh, wer zuschaut!« Wie sie umblickt, sieht sie das Kind. So gehen sie miteinander im Schrecken und Wahnsinn ins Haus zurück und schließen die Türe zu, als wenn sie im Feld wären. Da sagt die Frau, die kein Rabenherz, nein, ein höllisches Drachenherz im Busen hatte: »Kind«, sagte sie, »wie siehst du wieder aus? Komm in die Küche, ich will dich waschen.« In der Küche steckt sie dem Kind den Kopf in die heiße Lauge und brüht es zu Tod. Jetzt, meint sie, sei alles geschweigt und denkt nicht an den Hund des ermordeten Metzgers. Der Hund des ermordeten Metzgers, der noch eine Zeitlang mit dem Kameraden gelaufen war, witterte, während das Kind gebrüht und geschwind in den Backofen gesteckt wurde, die Spur seines Herrn wieder auf, schnauft an der Stalltüre, scharrt an der Haustüre und merkt, hier sei etwas Ungerades vorgefallen. Plötzlich springt er ins Dorf zurück und sucht den Kameraden. Kurz, der Hund winselt und heult, zerrt den andern Metzger am Rock, und der Metzger merkt auch etwas. Also begleitet er den Hund an das Haus und zweifelt nicht, daß hier etwas Erschreckliches vorgefallen sei. Also winkt er zwei Männern, die von ferne vorbeigingen. Als aber die Mordleute inwendig das Winseln des Hundes und das Rufen des Metzgers hörten, kam's vor ihren Augen wie lauter Hochgerichte und in ihre Herzen wie lauter Hölle. Der Mann wollte zum hintern Fenster hinaus entspringen, die Frau hielt ihn am Rock und sagte: »Bleib da!« Der Mann sagte: »Komm mit!« Die Frau antwortete: »Ich kann nicht, ich habe Blei an den Füßen. Siehst du nicht die erschreckliche Gestalt vor dem Fenster mit blitzenden Augen und glühendem Odem?« Unterdessen wurde die Türe eingebrochen. Man fand bald die Leichname der Ermordeten. Die Missetäter wurden handfest gemacht und dem Richter übergeben. Sechs Wochen darauf wurden sie gerädert und ihre verruchten Leichname auf das Rad geflochten, und die Raben sagen jetzt: »Das Fleisch schmeckt gut.«

Seltsame Ehescheidung

Ein junger Schweizer aus Balsthal kam in spanische Dienste, hielt sich gut und erwarb sich einiges Vermögen. Als es ihm aber zu wohl war, dachte er: ›Will ich oder will ich nicht?‹ – Endlich wollte er, nahm eine hübsche, wohlhabende Spanierin zur Frau und machte damit seinen guten Tagen ein Ende. Denn in den spanischen Haushaltungen ist die Frau der Herr, ein guter Freund der Mann und der Mann ist die Magd.

Als nun das arme Blut der Sklaverei und Drangsalierung bald müde war, fing er an, als wenn er nichts damit meinte, und rühmte ihr das fröhliche Leben in der Schweiz und die goldenen Berge darin, er meinte die Schneeberge im Sonnenglast jenseits der Klus, und wie man lustig nach Einsiedeln wallfahrten könne und schön beten in Sachseln am Grabe des heiligen Bruders Niklaus von der Flüe und was für ein großes Vermögen er daheim besitze, aber es werde ihm nicht verabfolgt aus dem Land. Da wässerte endlich der Spanierin der Mund nach dem schönen Land und Gut, und es war ihr recht, ihr Vermögen zu Geld zu machen und mit ihm zu ziehen in seine goldene Heimat. Also zogen sie miteinander über das große pyrenäische Gebirge bis an den Grenzstein, der das Reich Hispania von Frankreich scheidet; sie mit dem Geld auf einem Esel, er nebenher zu Fuß. Als sie aber vorüber an dem Grenzstein waren, sagte er: »Frau, wenn's dir recht ist, bis hierher haben wir's spanisch miteinander getrieben, von jetzt an treiben wir's deutsch. Bist du von Madrid bis an den Markstein geritten und ich bin dir zu Fuß nachgetrabt den langen Berg hinauf, so reit' ich jetzt von hier weg bis gen Balsthal, im Solothurnischen, und das Fußgehen ist an dir.« Als sie darüber sich ungebärdig stellte und schimpfte und drohte und nicht von dem Tierlein herunterwollte: »Frau, das verstehst du noch nicht«, sagte er, »und ich nehme dir's nicht übel«, sondern hieb an dem Weg einen tüchtigen Stecken ab und las ihr damit ein langes Kapitel aus dem Balsthaler Ehe- und Männerrecht vor, und als sie alles wohlverstanden hatte, fragte er sie: »Willst du jetzt mit, welsche Hexe, und gut tun, oder willst du wieder hin, wo du hergekommen bist?« Da sagte sie schluchzend: »Wo ich hergekommen bin«, und das war ihm auch das liebste. Also teilte mit ihr der ehrliche Schweizer das Vermögen, und trennten sie sich voneinander an diesem *Grenzstein weiblicher Rechte*, wie einmal ein bekanntes Büchlein in der Welt geheißen hat, und jedes zog wieder in seine Heimat. »Deinen Landsmann«, sagte er, »auf dem du hergeritten bist, kannst du auch wieder mitnehmen.«

Merke: Im Reich Hispania machen's die Weiber zu arg, aber in Balsthal doch auch manchmal die Männer. Ein Mann soll seine Frau nie schlagen, sonst verunehrt er sich selber. Denn ihr seid *ein* Leib.

Der listige Steiermarker

In Steiermark, ein wenig abhanden von der Straße, dachte ein reicher Bauer im letzten Krieg: ›Wie fang ich's an, daß ich meine Kronenthaler und meine Dukätlein rette in dieser bösen Zeit? Die Kaiserin Maria Theresia ist mir noch so lieb, tröst sie Gott, und der Kaiser Joseph, tröst ihn Gott, und der Kaiser Franz, Gott schenk ihm Leben und Gesundheit. Und wenn man meint, man habe die lieben Herrschaften noch so gut verborgen und geflüchtet, so riecht sie der Feind, sobald er die Nase ins Dorf streckt, und führt sie in die Gefangenschaft nach

Lothringen oder in die Champagne, daß einem armen Untertanen das Herz dabei bluten möchte vor Patriotismus.‹ – »Jetzt weiß ich«, sagte er, »wie ich's anfange«, und trug das Geld bei dunkler, blinder Nacht in den Krautgarten. »Das Siebengestirn verratet mich nicht«, sagte er. Im Krautgarten legte er das Geld gerade zwischen die Gelbveilchenstöcke und die spanischen Wicken. Nebendran grub er ein Loch in das Weglein zwischen den Beeten und warf allen Grund daraus auf das Geld und zertrat ringsum die schönen Blumenstöcke und das Mangoldkraut wie einer, der Sauerkraut einstampft. Am Montag drauf streiften schon die Chasseurs im ganzen Revier, und am Donnerstag kam eine Partie ins Dorf frisch auf die Mühle zu und aus der Mühle mit weißen Ellenbogen zu unserm Bauern: und »Geld her, Buur«, rief ihm ein Sundgauer mit blankem Säbel entgegen, »oder bet dein letztes Vaterunser.« Der Bauer sagte, sie möchten nehmen, was sie in Gottes Namen noch finden. Er habe nichts mehr, es sei gestern und vorgestern schon alles in die Rapuse gegangen. »Vor euch kann man etwas verbergen«, sagt er, »ihr seid die rechten.« Als sie nichts fanden außer ein paar Kupferkreuzern und einem vergoldeten Sechser mit dem Bildnis der Kaiserin Maria Theresia und ein Ringlein dran zum Anhängen, »Buur«, sagte der Sundgauer, »du hast dein

Geld verlochet, auf der Stelle zeig, wo du dein Geld verlocht hast, oder du gehst ohne dein letztes Vaterunser aus der Welt.« »Auf der Stelle kann ich's euch nicht zeigen«, sagte der Bauer, »so sauer mich der Gang ankommt, sondern ihr müßt mit mir in den Krautgarten gehn. Dort will ich euch zeigen, wo ich es verborgen hatte und wie es mir ergangen ist. Der Herr Feind ist schon gestern und vorgestern da gewesen und haben's gefunden und alles geholt.« Die Chasseure nahmen den Augenschein im Garten ein, fanden alles, wie es der Mann angegeben hatte, und keiner dachte daran, daß das Geld unter dem Grundhaufen liege, sondern jeder schaute in das leere Loch und dachte: ›Wär' ich nur früher gekommen.‹ – »Und hätten sie nur die schönen Gelveieleinstöcke und den Goldlack nicht so verderbt«, sagte der Bauer, und so hinterging er diese und alle, die noch nachkamen, und hat auf diese Art das ganze erzherzogliche Haus, den Kaiser Franz, den Kaiser Joseph, die Kaiserin Maria Theresia und den allerhöchstseligen Herrn Leopold den Ersten gerettet und glücklich im Land behalten.

Etwas aus der Türkei

In der Türkei ist Justiz. Ein Kaufmannsdiener, auf der Reise von der Nacht und Müdigkeit überfallen, bindet sein Pferd, so mit kostbaren Waren beladen war, nimmer weit von einem Wachthaus an einen Baum, legt sich selber unter das Obdach des Baums und schläft ein. Früh, als ihn die Morgenluft und der Wachtelschlag weckte, hatte er gut geschlafen, aber das Rößlein war fort.

Da eilte der Beraubte zu dem Statthalter der Provinz, nämlich zu dem Prinzen Carosman Oglu, der in der Nähe sich aufhielt, und klagte vor seinem Richterstuhl seine Not. Der Prinz gab ihm wenig Gehör. »So nahe bei dem Wachthaus, warum bist du nicht die fünfzig Schritte weiter geritten, so wärest du sicher gewesen. Es ist deines Leichtsinns Schuld.« Da sagte der Kaufmannsdiener: »Gerechter Prinz, hab' ich mich fürchten sollen, unter freiem Himmel zu schlafen in einem Lande, wo du regierst?« Das tat dem Prinzen Carosman wohl und wurmte ihn zugleich. »Trinkt heute nacht ein Gläslein türkischen Schnaps«, sagte er zu dem Kaufmannsdiener, »und schlaft noch einmal unter dem Baum.« So gesagt, so getan. Des andern Morgens, als ihn die Morgenluft und der Wachtelschlag weckte, hatte er auch gut geschlafen, denn das Rößlein stand mit allen Kostbarkeiten wieder angebunden neben ihm, und an dem Baum hing ein toter Mensch, der Dieb, und sah das Morgenrot nimmermehr.

Bäume gäb' es noch an manchen Orten, große und kleine.

Wie der Zundelfrieder eines Tages aus dem Zuchthaus entwich und glücklich über die Grenzen kam

Eines Tages, als der Frieder den Weg aus dem Zuchthaus allein gefunden hatte und dachte: ›Ich will so früh den Zuchtmeister nicht wecken‹, und als schon auf allen Straßen Steckbriefe voranflogen, gelangte er abends noch unbeschrien an ein Städtlein an der Grenze. Als ihn hier die Schildwache anhalten wollte, wer er sei und wie er heiße und was er im Schilde führe: »Könnt Ihr Polnisch?« fragte herzhaft der Frieder die Schildwache. Die Schildwache sagte: »Ausländisch kann ich ein wenig, ja! Aber Polnisches bin ich noch nicht darunter gewahr worden.« – »Wenn das ist«, sagte der Frieder, »so werden wir uns schlecht gegeneinander explizieren können.« Ob kein Offizier oder Wachtmeister am Tor sei? Die Schildwache holte den Torwächter, es sei ein Polak an dem Schlagbaum, gegen den sie sich schlecht explizieren könne. Der Torwächter kam zwar, entschuldigte sich aber zum voraus, viel Polnisch verstehe er auch nicht. »Es geht hierzuland nicht stark ab«, sagte er, »und es wird im ganzen Städtel schwerlich jemand sein, der kapabel wäre, es zu dolmetschen.« – »Wenn ich das wüßte«, sagte der Frieder und schaute auf die Uhr, die er unterwegs noch an einem Nagel gefunden hatte, »so wollte ich ja lieber noch ein paar Stunden zustrecken bis in die nächste Stadt. Um neun Uhr kömmt der Mond.« Der Torhüter sagte: »Es wäre unter diesen Umständen fast am besten, wenn Ihr gerade durchpassiertet, ohne Euch aufzuhalten, das Städtel ist ja nicht groß«, und war froh, daß er ihn los ward. Also kam der Frieder glücklich durch das Tor hinein. Im Städtlein hielt er sich nicht länger auf als nötig war, einer Gans, die sich auf der Gasse verspätet hatte, ein paar gute Lehren zu geben. »In euch Gänse«, sagte er, »ist keine Zucht zu bringen. Ihr gehört, wenn's Abend ist, ins Haus oder unter gute Aufsicht.« Und so packte er sie mit sicherm Griff am Hals und mir nichts dir nichts unter den Mantel, den er ebenfalls unterwegs von einem Unbekannten geliehen hatte. Als er aber an das andere Tor gelangte und auch hier dem Landfrieden nicht traute, drei Schritte von dem Schilderhaus, als sich inwendig der Söldner rührte, schrie der Frieder mit herzhafter Stimme: »Wer da!« Der Söldner antwortete in aller Gutmütigkeit: »Gut Freund!« Also kam der Frieder glücklich wieder zum Städtlein hinaus und über die Grenzen.

Die leichteste Todesstrafe

Man hat gemeint, die Guillotine sei's. Aber nein! Ein Mann, der sonst seinem Vaterland viele Dienste geleistet hatte und bei dem Fürsten wohl angeschrieben war, wurde wegen eines Verbrechens, das er in der Leidenschaft begangen hatte, zum Tode verurteilt. Da half nicht Bitten, nicht Beten. Weil er aber sonst bei dem Fürsten wohl angeschrieben war, ließ ihm derselbe die Wahl, wie er am liebsten sterben wolle, denn welche Todesart er wählen würde, die sollte ihm werden. Also kam zu ihm in den Turm der Oberamtsschreiber, »der Herzog will Euch eine Gnade erweisen. Wenn Ihr wollt gerädert sein, will er Euch rädern lassen; wenn Ihr wollt gehenkt sein, will er Euch henken lassen, es hängen zwar schon zwei am Galgen, aber bekanntlich ist er dreischläferig. Wenn Ihr aber wollt lieber Rattenpulver essen, der Apotheker hat. Denn welche Todesart Ihr wählen werdet, sagt der Herzog, die soll Euch werden.

Aber sterben müßt Ihr, das werdet Ihr wissen.« Da sagte der Malefikant: »Wenn ich denn doch sterben muß, das Rädern ist ein biegsamer Tod, und das Henken, wenn besonders der Wind geht, ein beweglicher. Aber ihr versteht's doch nicht recht. Meines Orts, ich habe immer geglaubt, der Tod aus Altersschwäche sei der sanfteste, und den will ich denn auch wählen, weil mir der Herzog die Wahl läßt, und keinen andern«, und dabei blieb er und ließ sich's nicht ausreden. Da mußte man ihn wieder laufen und fortleben lassen, bis er an Altersschwäche selber starb. Denn der Herzog sagte: »Ich habe mein Wort gegeben, so will ich's auch nicht brechen.«

Dies Stücklein ist von der Schwiegermutter, die niemand gerne umkommen läßt, wenn sie ihn retten kann.

Die Bekehrung

Zwei Brüder im Westfälinger Land lebten miteinander in Frieden und Liebe, bis einmal der jüngere lutherisch blieb und der ältere katholisch wurde. Als der jüngere lutherisch blieb und der ältere katholisch wurde, taten sie sich alles Herzeleid an. Zuletzt schickte der Vater den katholischen als Ladendiener in die Fremde. Erst nach einigen Jahren schrieb er zum erstenmal an seinen Bruder. »Bruder«, schrieb er, »es geht mir doch im Kopf herum, daß wir nicht einen Glauben haben und nicht in den nämlichen Himmel kommen sollen, vielleicht in gar keinen. Kannst du mich wieder lutherisch machen, wohl und gut, kann ich dich katholisch machen, desto besser.« Also beschied er ihn in den roten Adler nach Neuwied, wo er wegen einem Geschäft durchreiste. »Dort wollen wir's ausmachen.« In den ersten Tagen kamen sie nicht weit miteinander. Schalt der Lutherische: »Der Papst ist der Antichrist«, schalt der Katholische: »Luther ist der Widerchrist.« Berief sich der Katholische auf den heiligen Augustin, sagte der Lutherische: »Ich hab' nichts gegen ihn, er mag ein gelehrter Herr gewesen sein, aber beim ersten Pfingstfest zu Jerusalem war er nicht dabei.« Aber am Samstag aß schon der Lutherische mit seinem Bruder Fastenspeise. »Bruder«, sagte er, »der Stockfisch schmeckt nicht giftig zu den durchgeschlagenen Erbsen«; und abends ging schon der Katholische mit seinem Bruder in die lutherische Vesper. »Bruder«, sagte er, »euer Schulmeister singt keinen schlechten Tremulant.« Den andern Tag wollten sie miteinander zuerst in die Frühmesse, darnach in die lutherische Predigt, und was sie alsdann bis von heut über acht Tage der liebe Gott vermahnt, das wollten sie tun. Als sie aber aus der Vesper und aus dem Grünen Baum nach Hause kamen, ermahnte sie Gott, aber sie verstanden es nicht. Denn der Ladendiener fand einen zornigen Brief von seinem Herrn. »Augenblicklich setzt Eure Reise fort. Hab' ich Euch auf eine Tridenter Kirchenversammlung nach Neuwied geschickt, oder sollt Ihr nicht vielmehr die Musterkarte reiten?« Und der andere fand einen Brief von seinem Vater: »Lieber Sohn, komm heim, sobald du kannst, du mußt spielen.« Also gingen sie noch den nämlichen Abend unverrichteter Sachen auseinander, und dachten jeder für sich nach, was er von dem andern gehört hatte. Nach sechs Wochen schreibt der jüngere dem Ladendiener einen Brief: »Bruder, deine Gründe haben mich unterdessen vollkommen überzeugt. Ich bin jetzt auch katholisch. Den Eltern ist es insofern recht. Aber dem Vater darf ich nimmer unter die Augen kommen.« Da ergriff der Bruder voll Schmerz und Unwillen die Feder. »Du Kind des Zorns und der Ungnade, willst du denn mit Gewalt in die Verdammnis rennen, daß du die seligmachende Religion verleugnest? Gestrigs Tags bin ich wieder lutherisch worden.« Also hat der katholische Bruder den lutherischen bekehrt, und der lutherische hat den katholischen bekehrt und war nachher wieder wie vorher, höchstens ein wenig schlimmer.

Merke: Du sollst nicht über die Religion grübeln und düfteln, damit du nicht deines Glaubens Kraft verlierst. Auch sollst du nicht mit Andersdenkenden darüber disputieren, am wenigsten mit solchen, die es ebensowenig verstehen als du, noch weniger mit Gelehrten, denn die besiegen dich durch ihre Gelehrsamkeit und Kunst, nicht durch deine Überzeugung. Sondern du sollst deines Glaubens leben und was gerade ist, nicht krumm machen. Es sei denn, daß dich dein Gewissen selber treibt zu schanschieren.

Der fremde Herr

Einem Schneider in der Stadt waren seit ein paar Jahren die Nadeln ein wenig verrostet und die Schere zusammengewachsen, also nährt er sich, so gut er kann. »Gevatter«, sagt zu ihm der Perückenmacher, »Ihr tragt nicht gerne schwer; wollt Ihr nicht dem Herrn Dechant von Brassenheim eine neue Perücke bringen in einer Schachtel? Sie ist leicht, und er zahlt Euch den Gang.« – »Gevatter«, sagt der Schneider, »es ist ohnedem Jahrmarkt in Brassenheim. Leiht mir die Kleider, die Euch der irrende Ritter im Versatz gelassen hat, der Euch angeschmiert hat, so stell' ich auf dem Jahrmarkt etwas vor.«

Der Adjunkt hat die Tugend, wenn er auf drei

Stunden im Revier einen Markt weiß, so ist ihm der Gang auch nicht zu weit, und ist er von dem Hausfreund wohlbezahlt, so gibt er dem Jahrmarkt viel zu lösen für neue weltliche Lieder und feine Damaszener Maultrommeln. Also saß jetzt der Adjunkt auch zu Brassenheim im ›Wilden Mann‹ und musterte die Lieder: Erstes Lied: *Ein Lämmlein trank vom frischen* usw. Zweites Lied: *Schönstes Hirschlein über die Maßen* usw. Drittes Lied: *Kein schöner Leben auf Erden* usw., und probierte die Trommeln. Kommt auf einmal der Schneider herein mit rotem Rock, hirschledernen Beinkleidern, Halbstiefeln und Zotteln daran und zwei Sporen. Der Wirt zog höflich die Kappe ab, die Gäste auch, und »hat Euch, Herr Ritter, der Hausknecht das Pferd schon in den Stall geführt?« fragt ihn der Wirt. »Mein Normänder, der Scheck?« sagte der Schneider. »Ich hab ihn *au Cerf* eingestellt, im Hirschen. Ich will hier nur ein Schöpplein trinken. Ich bin der berühmte Adelstan und reise auf Menschenkenntnis und Weinkunde. Platz da!« sagte er zum Adjunkt. Holla, denkt der Adjunkt, der meint auch, grob sei vornehm. Was gilt's, er ist nicht weit her? Als aber der Schneider die Gerte breit über den Tisch legte und räusperte sich wie ein Kamel und betrachtete die Leute mit einem Brennglas und den Adjunkt auch, steht der Adjunkt langsam auf und sagt dem Wirt etwas halblaut in das Ohr. Ein Ehninger, der es hörte, sagt: »Herr Landsmann, Ihr seid auf der rechten Spur. Ich hab' ihn gesehen die Stiefel am Bach abwaschen und eine Gerte schneiden. Er ist zu Fuß gekommen.« Ein Scherenschleifer sagte: »Ich kenn' ihn wohl, er ist einmal ein Schneider gewesen. Jetzt hat er sich zur Ruh' gesetzt und tut Botengänge um den Lohn.« Also geht der Wirt ein wenig hinaus und kommt wieder herein. »So kann denn doch kein hiesiger Markt ohne ein Unglück vorübergehen«, sagt er im Hereinkommen. »Da suchen die Hatschierer in allen Wirtshäusern einen Herrn in einem roten Rock, der heute durch die Dörfer galoppiert ist und ein Kind zu Tode geritten hat.« Da schauten alle Gäste den Ritter Adelstan an, der sagte in der Angst: »Mein Rock ist eher gelb als rot.« Aber der Ehninger sagte: »Nein, aber Euer Gesicht ist eher blaß als gelb und es hat auf einmal viel Schweißtropfen darauf geregnet. Gesteht's, Ihr seid nicht geritten.« – »Doch, er ist geritten«, sagte der Wirt; »ich hab' ihm eben das Roß draußen angebunden. Es ist losgerissen im Hirsch und sucht ihn. Hat nicht Euer Normänder die Mähnen unten am Hals und gespaltene Hufe, und wenn er wiehert, sollte man schier nicht meinen, daß es ein Roß ist? Zahlt Euer Schöpplein und reitet ordentlich heim.« Als er aber vor das Haus kam und den Normänder sah, den ihm der Wirt an die Türe gebunden hat, wollte er nicht aufsitzen, sondern ging zu Fuß zum Flecken heraus und wurde von den Gästen entsetzlich verhöhnt.

Merke: Man muß nie mehr scheinen wollen, als man ist und als man sich zu bleiben getrauen kann, wegen der Zukunft.

Teures Späßlein

Man muß mit Wirten keinen Spaß und Mutwillen treiben, sonst kommt man unversehens an den Unrechten. Einer in Basel will ein Glas Bier trinken, das Bier war sauer, zog ihm den Mund zusammen, daß ihm die Ohren bis auf die Backen hervorkamen. Um es auf eine witzige Art an den Tag zu legen und den Wirt vor den Gästen lächerlich zu machen, sagte er nicht: »Das Bier ist sauer«, sondern: »Frau Wirtin«, sagte er, »könnt' ich nicht ein wenig Salat und Öl zu meinem Bier haben?« Die Wirtin sagte: »In Basel kann man für Geld alles haben«, strickte aber noch ein wenig fort, als wenn sie's wenig achtete, denn sie war eben am Zwickel. Nach einigen Minuten, als unterdessen die Gäste miteinander diskutierten und einer sagte: »Habt ihr gestern das Kamel auch gesehen und den Affen?«, ein anderer sagte: »Es ist kein Kamel, es ist ein Trampeltier«; sagte die Wirtin: »Mit Erlaubnis«, und deckte eine schneeweiße Serviette vom feinsten Gebilde auf den Tisch. Jeder glaubte, der andere habe ein Bratwürstlein bestellt oder etwas, und »es ist doch ein Kamel«, sagte ein dritter, »denn es ist weiß, die Trampeltiere sind braun«. Unterdessen kam die Wirtin wieder mit einem Teller voll zarter Cucümmerlein aus dem markgräfischen Garten, aus dem Treibhaus, fein geschnitten wie Postpapier und mit dem kostbarsten genuesischen Baumöl angemacht, und sagte zu dem Gast mit spöttischem Lächeln: »Ist's gefällig?« Also lachten die andern nicht mehr den Wirt aus, sondern den Gast, und wer wohl oder übel seinen Spaß mit zehn Batzen, fünf Rappen Basler Währung, bezahlen mußte, war er.

Die zwei Postillione

Zwei Handelsleute reisten oft auf der Extrapost von Fürth nach Hechingen oder von Hechingen nach Fürth, wie jeden sein Geschäft ermahnte, und gab der eine dem Postillion ein schlechtes Trinkgeld, so gab ihm der andere kein gutes. Denn jeder sagte: »Für was soll ich dem Postknecht einen Zwölfer schenken? Ich trag' ja nicht schwer daran.« Die Postillione aber, der von Dinkelsbühl und der von Ellwangen sagten: »Wenn wir nur einmal den Herren einen Dienst erweisen könnten, daß sie spendaschlicher würden!« Eines Tages kommt der Fürther in Dinkelsbühl an und will weiters. Der Postillion sagte zu seinem Kameraden: »Fahr du den Passagier.« Der Kamerad sagte: »Es ist an dir.« Unterdessen saß der Reisende ganz geduldig in seinem offenen Eliaswagen, bis der Postillion aufsaß. Als er sah, daß der Postillion im Sattel recht saß und die Peitsche erhob, sagte er: »Fahr zu, Schwager! Werf Er mich nicht um!« Am nämlichen Nachmittag fuhr auch der Hechinger von Ellwangen ab, und der Postillion dachte bei sich selbst: »Wenn jetzt nur mein Kamerad von Dinkelsbühl mit dem Fürther auch auf dem Weg wäre!« Indem er fährt, bergauf, bergab, nicht weit vom Segringer Zollhaus, wo dem Hausfreund und seinem Herrn Bruder auch einmal die Haare geschnitten worden sind, begegnen sie einander; keiner will dem andern ausweichen. Jeder sagt: »Ich führe einen honetten Herrn, keinen Pfennigschaber wie du, dem seine Sechsbatzenstücke aussehen wie Hildburghäuser Groschen.« Endlich legte sich der Fürther auch in den Streit: »Gott's Wunder!« sagte er; »sollen wir noch einmal vierzig Jahr in der Wüste bleiben?« und schimpfte zuletzt den Ellwanger, daß ihm dieser mit der Peitsche einen Hieb ins Gesicht gab. Der Dinkelsbühler sagt: »Du sollst meinen Passagier nicht hauen, er ist mir anvertraut und zahlt honett, oder ich hau' den deinigen auch.« – »Untersteh dich und hau mir meinen Herrn!« sagte der Ellwanger. Also hieb der Dinkelsbühler des Ellwangers Passagier, und der Ellwanger hieb des Dinkelsbühlers Passagier, und riefen einander in unaufhörlichem Zorn zu: »Willst du meinen Herrn in Frieden lassen oder soll ich dir den deinigen ganz zu einem Lungenmus zusammenhauen?« und je schmerzlicher der eine Ach und der andere Weih schrie, desto kräftiger hieben die Postillione auf sie ein, bis sie des unbarmherzigen Spaßes selber müde wurden. Als sie aber auseinander waren und jeder wieder seines Weges fuhr, sagten die Postillione zu ihrem Reisenden so und so: »Nicht wahr, ich habe mich Euer rechtschaffen angenommen? Mein Kamerad wird's niemand rühmen, wie ich ihm seinen Herrn zerhauen habe. Aber diesmal kommt's Euch auch auf ein besseres Trinkgeld nicht an.« – »Wenn's der Fürst wüßte«, sagte der Dinkelsbühler, »es wäre ihm um einen Maxdor nicht leid. Er sieht darauf, daß man die Reisenden gut hält.«

Merke: Es ist kein Geld schlechter erhaust, als was man armen Leuten am Lohn und Trinkgeld vorenthält und wofür man gehauen oder sonst verunehrt wird. Für ein paar Groschen kann man viel Freundlichkeit und guten Willen kaufen.

Der betrogene Krämer

Ein Rubel ist in Rußland eine Silbermünze und beträgt 27 Batzen hin oder her, ein Imperial aber ist ein Goldstück und tut zehn Rubel, deswegen kann man wohl für einen Imperial einen Rubel bekommen, zum Beispiel, wenn man in den Karten neun Rubel verliert, aber nicht für einen Rubel einen Imperial. Allein ein schlauer Soldat in Moskau sagte doch: »Was gilt's? Morgen auf dem Jahrmarkt will ich mit einem Rubel einen doppelten Imperial angeln.« Als den andern Tag in langen Reihen von Kaufläden der Jahrmarkt aufging, vor allen Ständen standen schon die Leute, lobten und tadelten, boten ab und boten zu und die Menge ging auf und ging ab und die Knaben grüßten die Mägdlein, kommt auf einmal der Soldat mit einem Rubel in den Händen. »Wem gehört dieser Kaisertaler, dieser Rubel? Gehört er Euch?« fragte er jeden Krämer an jedem Stand. Einer, der ohnehin nicht viel Geld löste und lange zusah, dachte endlich: Wenn dich dein Geld an die Finger brennt, die meinigen sind nicht so blöde. Hierher, Musketier, der Rubel ist mein. Der Soldat sagte: »Wenn Ihr mir nicht gerufen hättet, ich hätt' Euch schwerlich gefunden unter der Menge«, und gibt ihm den Rubel. Der Kaufmann betrachtet ihn hin und her und klingelt daran, ob er gut sei; ja er war gut, und steckt ihn in die Tasche. »Seid so gut und gebt mir denn jetzt auch meinen Imperial«, sagte der Musketier. Der Kaufmann erwiderte: »Ich habe keinen Imperial von Euch, so bin ich Euch auch keinen schuldig. Da habt Ihr Euren einfältigen Rubel wieder, wenn Ihr nur Spaß wollt machen.« Aber der Musketier sagte: »Meinen zweifältigen Imperial gebt mir heraus, mein Spaß ist Ernst und die Marktwache, die Polizei wird zu finden sein.« Ein Wort gab das andere, das glimpfliche gab das trotzige, und das trotzige gab das schnöde, und es hängte sich an den Stand mit Leuten an wie ein Bart an einem Bienenkorb. Auf einmal bohrt etwas wie ein Maulwurf durch die Menge. »Was geht hier vor?« fragt der Polizeisergeant, als er sich mit seinen Leuten durch die Menge durchgebohrt hatte. »Was geht vor?, frag' ich.« Der Krämer wußte wenig zu sagen, aber desto mundfertiger war der Musketier. Vor keiner Viertelstunde, erzählte er, hab' er diesem Mann für einen Rubel abgekauft, das und das. Als er ihn bezahlen wollte, in allen Taschen habe er kein Geld gefunden, nur einen doppelten Imperial, den ihm sein Pate geschenkt habe, als er gezogen wurde.

So habe er ihm den Imperial als Unterpfand zurückgelassen, bis er den Rubel bringe. Wie er mit dem Rubel wiederkommen sei, hab' er den rechten Kaufladen nimmer gefunden und an allen Ständen gefragt: »Wem bin ich einen Rubel schuldig?« so habe dieser da gesagt, er sei derjenige, und sei's auch, und habe ihm auch den Rubel abgenommen, aber von dem Imperial wolle er nichts wissen. »Wollt Ihr ihn jetzt gutwillig herausgeben oder nicht?« Als aber der Polizeisergeant die Umstehenden fragte und die Umstehenden sagten: ja der Musketier habe an allen Kaufläden gefragt, wem der Rubel gehöre, und dieser habe bekannt, er gehöre ihm und habe ihn auch angenommen und daran geklingelt, ob er probat sei. Als der Polizeihauptmann das hörte, so gab er den Bescheid: »Habt Ihr Euern Rubel bekommen, so gebt dem Soldaten auch seinen Imperial zurück, oder man petschiert Euch Euren Stand mit Lattnägeln zusammen, und Ihr werdet zwischen Euren eigenen Brettern eingeschachtelt und eingeschindelt, und könnt Ihr alsdann lang Hunger leiden, so könnt Ihr auch lang leben.« Das sagte der Anführer der Polizeiwache, und wer dem Musketier für einen Rubel einen Imperial herausgeben mußte, war der Kaufmann.

Merke: Fremdes Gut frißt das eigene wie neuer Schnee den alten.

Unverhofftes Wiedersehen

In Falun in Schweden küßte vor guten fünfzig Jahren und mehr ein junger Bergmann seine junge hübsche Braut und sagte zu ihr: »Auf Sankt Luciä wird unsere Liebe von des Priesters Hand gesegnet. Dann sind wir Mann und Weib und bauen uns ein eigenes Nestlein.« – »Und Friede und Liebe soll darin wohnen«, sagte die schöne Braut mit holdem Lächeln, »denn du bist mein einziges und alles, und ohne dich möchte ich lieber im Grab sein als an einem andern Ort.« Als sie aber vor St. Luciä der Pfarrer zum zweitenmal in der Kirche ausgerufen hatte: »So nun jemand Hindernis wüßte anzuzeigen, warum diese Personen nicht möchten ehelich zusammenkommen«, da meldete sich der *Tod*. Denn als der Jüngling den andern Morgen in seiner schwarzen Bergmannskleidung an ihrem Haus vorbeiging, der Bergmann hat sein Totenkleid immer an, da klopfte er zwar noch einmal an ihrem Fenster und sagte ihr guten Morgen, aber keinen guten Abend mehr. Er kam nimmer aus dem Bergwerk zurück, und sie säumte vergeblich selbigen Morgen ein schwarzes Halstuch mit rotem Rand für ihn zum Hochzeitstag, sondern als er nimmer kam, legte sie es weg und weinte um ihn und vergaß ihn nie. Unterdessen wurde die Stadt Lissabon in Portugal durch ein Erdbeben zerstört, und der Siebenjährige Krieg ging vorüber, und Kaiser Franz der Erste starb, und der Jesuitenorden wurde aufgehoben und Polen geteilt, und die Kaiserin Maria Theresia starb, und der Struensee wurde hingerichtet, Amerika wurde frei, und die vereinigte französische und spanische Macht konnte Gibraltar nicht erobern. Die Türken schlossen den General Stein in der Veteraner Höhle in Ungarn ein, und der Kaiser Joseph starb auch. Der König Gustav von Schweden eroberte russisch Finnland, und die Französische Revolution und der lange Krieg fing an, und der Kaiser Leopold der Zweite ging auch ins Grab. Napoleon eroberte Preußen, und die Engländer bombardierten Kopenhagen, und die Ackerleute säten und schnitten. Der Müller mahlte, und die Schmiede hämmerten, und die Bergleute gruben nach den Metalladern in ihrer unterirdischen Werkstatt. Als aber die Bergleute in Falun im Jahr 1809 etwas vor oder nach Johannis zwischen zwei Schächten eine Öffnung durchgraben wollten, gute dreihundert Ellen tief unter dem Boden, gruben sie aus dem Schutt und Vitriolwasser den Leichnam eines Jünglings heraus, der ganz mit Eisenvitriol durchdrungen, sonst aber unverwest und unverändert war; also daß man seine Gesichtszüge und sein

Alter noch völlig erkennen konnte, als wenn er erst vor einer Stunde gestorben oder ein wenig eingeschlafen wäre an der Arbeit. Als man ihn aber zutag ausgefördert hatte, Vater und Mutter, Gefreundte und Bekannte waren schon lange tot, kein Mensch wollte den schlafenden Jüngling kennen oder etwas von seinem Unglück wissen, bis die ehemalige Verlobte des Bergmanns kam, der eines Tages auf die Schicht gegangen war und nimmer zurückkehrte. Grau und zusammengeschrumpft kam sie an einer Krücke an den Platz und erkannte ihren Bräutigam; und mehr mit freudigem Entzücken als mit Schmerz sank sie auf die geliebte Leiche nieder, und erst, als sie sich von einer langen heftigen Bewegung des Gemüts erholt hatte, »es ist mein Verlobter«, sagte sie endlich, »um den ich fünfzig Jahre lang getrauert hatte und den mich Gott noch einmal sehen läßt vor meinem Ende. Acht Tage vor der Hochzeit ist er unter die Erde gegangen und nimmer heraufgekommen.« Da wurden die Gemüter aller Umstehenden von Wehmut und Tränen ergriffen, als sie sahen die ehemalige Braut jetzt in der Gestalt des hingewelkten kraftlosen Alters und den Bräutigam noch in seiner jugendlichen Schöne und wie in ihrer Brust nach 50 Jahren die Flamme der jugendlichen Liebe noch einmal erwachte: aber er öffnete den Mund nimmer zum Lächeln oder die

Augen zum Wiedererkennen; und wie sie ihn endlich von den Bergleuten in ihr Stüblein tragen ließ, als die einzige, die ihm angehöre und ein Recht an ihn habe, bis sein Grab gerüstet sei auf dem Kirchhof. Den andern Tag, als das Grab gerüstet war auf dem Kirchhof und ihn die Bergleute holten, schloß sie ein Kästlein auf, legte ihm das schwarzseidene Halstuch mit roten Streifen um und begleitete ihn alsdann in ihrem Sonntagsgewand, als wenn es ihr Hochzeitstag und nicht der Tag seiner Beerdigung wäre. Denn als man ihn auf dem Kirchhof ins Grab legte, sagte sie: »Schlafe nun wohl, noch einen Tag oder zehn im kühlen Hochzeitbett, und laß dir die Zeit nicht lange werden. Ich habe nur noch wenig zu tun und komme bald, und bald wird's wieder Tag. – Was die Erde einmal wiedergegeben hat, wird sie zum zweitenmal auch nicht behalten«, sagte sie, als sie fortging und noch einmal umschaute.

Georg Büchner
Werke und Briefe

Herausgegeben und mit einem Vorwort
von Franz Josef Görtz. Mit einem Nachwort
von Friedrich Dürrenmatt

Eine sorgfältig edierte, auf der historisch-kritischen Ausgabe beruhende und trotzdem gut lesbare Ausgabe für Nicht-Philologen. Enthält die Dichtungen *Lenz*, *Dantons Tod*, *Leonce und Lena* und *Woyzeck*, das Pamphlet *Der Hessische Landbote*, die Vorlesung *Über Schädelnerven* sowie *Briefe*, von denen einige bisher noch nie in einer Büchner-Ausgabe erschienen sind.

»Der liebe Gott hat die Welt wohl gemacht, wie sie sein soll, und wir können wohl nicht was Besseres klexen, unser einziges Bestreben soll sein, ihm ein wenig nachzuschaffen... Da wollte man idealistische Gestalten, aber alles, was ich davon gesehen, sind Holzpuppen. Dieser Idealismus ist die schmählichste Verachtung der menschlichen Natur. Man versuche es einmal und senke sich in das Leben des Geringsten und gebe es wieder in den Zuckungen, den Andeutungen, dem ganzen feinen, kaum bemerkten Mienenspiel... es darf einem keiner zu gering, keiner zu häßlich sein, erst dann kann man die Menschen verstehen.« Aus: *Georg Büchner, Lenz*

»Es gibt in deutscher Sprache kein grandioseres Volksstück als den *Woyzeck* und im Umkreis der nachklassizistischen Dramatik keine blutvollere Historie als *Dantons Tod*.« *Egon Friedell*

Gottfried Keller im Diogenes Verlag

Der grüne Heinrich

Roman. Zweite Fassung. Herausgegeben und mit einer Einleitung von Gustav Steiner

»*Der grüne Heinrich* in seiner zweiten, endgültigen Fassung besitzt die Reife und Vollendung, die vielleicht nur ein Werk haben kann, an dem Jugend und Alter gemeinsam gearbeitet haben. Einen solchen Roman besaß unsere Literatur trotz *Wilhelm Meister* und der Romantik noch nicht. Wie Homer nicht veraltet, kann auch diese Kunst durch keine Geschmacksrichtung und Mode angetastet werden, da sie die Grundlinien des Lebens selbst zieht.«
Ricarda Huch

»Das Geheimnis des *Grünen Heinrich* ist dasselbe wie bei Homer, Dante, Boccaccio, Shakespeare und Goethe. Was der grüne Heinrich erlebt hat, wird heute und morgen und in hundert Jahren von vielen wieder erlebt werden.« *Hermann Hesse*

Die Leute von Seldwyla

Erzählungen. Erster und zweiter Band
Herausgegeben und mit einer Einleitung von Gustav Steiner

»Wenn man von Goethes Schriften absieht: was bleibt eigentlich von der deutschen Prosa-Literatur übrig, das es verdiente, wieder und wieder gelesen zu werden? Lichtenbergs *Aphorismen*, das erste Buch von Jung-Stillings *Lebensgeschichte,* Adalbert Stifters *Nachsommer* und Gottfried Kellers *Leute von Seldwyla,* – und damit wird es einstweilen am Ende sein.«
Friedrich Nietzsche

»Irgendeine Bewandtnis mit unglaublich feiner und richtiger Verteilung der Maße und Gewichte muß es doch haben, sonst wäre es nicht möglich, daß fast jede

einzelne dieser kleinen Geschichten ihr volles Gewicht als die Darstellung eines ganzen runden ausgelebten Menschenlebens hat.«
Hugo von Hofmannsthal

Züricher Novellen

Herausgegeben und mit einer Einleitung
von Gustav Steiner

»Ich kann es nicht lassen, Ihnen wenigstens mit einer Zeile meine Bewunderung Ihrer *Züricher Novellen* zu bezeugen. Auch ich wüßte die Art des Eindruckes auf den Leser und die Mischung nicht nur des Tragischen und Komischen, sondern überhaupt Ihrer poetischen Kräfte erwägend, keinen sich ungesuchter bietenden Vergleichspunkt als den Humor und die Tragik des großen Briten.«
Conrad Ferdinand Meyer an Gottfried Keller

»Der Shakespeare der Novelle.« *Paul Heyse*

Meistererzählungen

Mit einem Nachwort von Walter Muschg

Mit dieser Auswahl der schönsten Erzählungen aus den *Leuten von Seldwyla*, den *Züricher Novellen* und den *Sieben Legenden* ist ein Lesebuch für jung und alt entstanden, ein Einführungsband in das umfassende Prosawerk des Schweizer Dichters ebenso wie eine Auslese der Höhepunkte seines erzählerischen Schaffens.

»Gottfried Keller, und dies erklärt alles, ist ›au fond‹ ein Märchenerzähler. Was nach dieser Seite hin liegt, ist mustergültig. Je mehr nach dem bewußten Wollen Gottfried Kellers seine Erzählungen Märchen sind, desto besser sind sie auch. Denn dies ist sein eigentliches Gebiet.« *Theodor Fontane*

»Ein Dichter, ein großer, einer zum Erschrecken.«
Max Frisch

Jeremias Gotthelf im Diogenes Verlag

»Gotthelf war ohne alle Ausnahme das größte epische Talent, welches seit langer Zeit und vielleicht für lange Zeit lebte.« *Gottfried Keller*

»Dieses großartige, alles Literarische sprengende Phänomen.« *Thomas Mann*

»Es hilft nichts, man kann sich um Gotthelf nicht drücken.« *Hermann Hesse*

»Wieviel Nobelpreis-Bekränzte werden schon längst vergessen sein, wenn Jeremias Gotthelf noch in aller Gemütlichkeit fortexistiert.« *Robert Walser*

Ausgewählte Werke
Herausgegeben von Walter Muschg

Uli der Knecht
Eine Gabe für Dienstboten und Meisterleute. Roman

Uli der Pächter
Roman

Anne Bäbi Jowäger
Roman

Die schwarze Spinne
Elsi, die seltsame Magd
Kurt von Koppigen
Ausgewählte Erzählungen

Geld und Geist
oder die Versöhnung
Roman

Außerdem lieferbar:

Meistererzählungen
Mit einem Anhang ›Gottfried Keller über Jeremias Gotthelf‹

Honoré de Balzac im Diogenes Verlag

»Balzac möchte ich empfehlen. Das riesenhafte Werk des Franzosen hat nichts von seiner Bedeutung eingebüßt, nichts von seiner Kraft zu faszinieren. Im Gegenteil.« *Friedrich Dürrenmatt*

»Das größte Literatur-Monument unseres Jahrhunderts.« *Oscar Wilde*

»Ein weltumfassender Geist.« *Fjodor Dostojewskij*

»Der größte Romancier aller Zeiten.«
W. Somerset Maugham

»Ein Genie.« *Leo Tolstoi*

Die schönsten Romane und Erzählungen erscheinen neu in revidierten Übersetzungen und in hochwertiger Ausstattung:

Der Talisman
oder Das Chagrinleder
Roman. Aus dem Französischen von Emil A. Rheinhardt. Mit einem Essay von Friedrich Dürrenmatt

Eugénie Grandet
Roman. Deutsch von Mira Koffka. Mit einem Essay von Wolfgang Koeppen

Vater Goriot
Roman. Deutsch von Rosa Schapire. Mit einem Essay von W. Somerset Maugham

Verlorene Illusionen
Roman. Deutsch von Otto Flake. Mit einem Essay von Hans-Jörg Neuschäfer

Glanz und Elend der Kurtisanen
Roman. Deutsch von Emil A. Rheinhardt. Mit einem Essay von Oscar Wilde

Cousin Pons
oder Die beiden Musiker
Roman. Deutsch von Otto Flake. Mit einem Essay von Stefan Zweig

Tante Lisbeth
Roman. Deutsch von Paul Zech. Mit einem Essay von Hugo von Hofmannsthal

Das unbekannte Meisterwerk
und andere Erzählungen
Deutsch von Heinrich E. Jakob, Viktor von Koczian, Max Krell, Paul Mayer und Ernst Weiss. Mit einem Essay von Georges Simenon

Weiterhin lieferbare Taschenbücher:

Die Frau von dreißig Jahren
Roman. Deutsch von Erich Noether

Geliebtes Leben
Ein Brevier. Herausgegeben von Werner Fuchs-Hartmann

Mystische Geschichten
Deutsch von Franz Hessel, Else von Hollander und Emmi Hirschberg

Tolldreiste Geschichten
Deutsch und mit einem Nachwort von Herbert Kühn. Mit Illustrationen von Gustave Doré

Außerdem erschienen:

Johannes Willms
Balzac
Eine Biographie

Léon Gozlan
Balzac intim
Erinnerungen eines Zeitgenossen
Aus dem Französischen von Ossip Kalenter
Mit einem Nachwort von Arthur Schurig

Balzac – Leben und Werk
Essays und Zeugnisse von Victor Hugo, Gustave Flaubert, Oscar Wilde, Hugo von Hofmannsthal, Georges Simenon, Friedrich Dürrenmatt u.a.
Herausgegeben von Claudia Schmölders und Daniel Keel

Wilhelm Busch im Diogenes Verlag

Das Wichtigste von Wilhelm Busch als schöne Studienausgabe in sieben Bänden, herausgegeben von Friedrich Bohne, in Zusammenarbeit mit der Wilhelm-Busch-Gesellschaft, Hannover. Alle Bildergeschichten sind nach Originalvorlagen, nach Andrucken von den Originalhölzern oder nach ausgesuchten Erst- und Frühdrucken reproduziert. Alle Texte sind nach Handschriften, Verlagsabschriften und Erstausgaben durchgesehen und mit einem kritischen Anhang versehen.

Gesammelte Werke
7 Bände in Kassette
Herausgegeben und mit Anmerkungen
von Friedrich Bohne
Auch als Einzelausgaben erhältlich

Max und Moritz
Eine Bubengeschichte in sieben Streichen

Gedichte

Die fromme Helene

Tobias Knopp
Trilogie

Hans Huckebein
Fipps der Affe
Plisch und Plum

Balduin Bählamm
Maler Klecksel

Eduards Traum
Der Schmetterling
und Autobiographisches
Mit einem Nachwort des Herausgebers
zu dieser Ausgabe,
Chronik und Bibliographie

Außerdem erschienen:

Gedichte und Bildergeschichten
in zwei Bänden im Schmuckschuber

Robert Walser im Diogenes Verlag

Der Spaziergang

Ausgewählte Geschichten. Herausgegeben von Daniel Keel. Mit einem Nachwort von Urs Widmer

»Robert Walser erfüllte bewußt die Erwartungen nicht, die man schon zu seiner Zeit an einen Schriftsteller stellte. Walser wollte nicht analog der Konsumartikelindustrie jährlich irgendwelche neue Hundertprozentigkeit ans Tageslicht gelangen lassen. Eine seiner Qualitäten ist gerade, daß er das nicht wollte.«
Urs Widmer

»Ganz ungewöhnlich zart sind diese Geschichten, das begreift jeder. Nicht jeder sieht, daß nicht die Nervenspannung des dekadenten, sondern die reine und rege Stimmung des genesenden Lebens in ihnen liegt.«
Walter Benjamin

Maler, Poet und Dame

Aufsätze über Kunst und Künstler
Herausgegeben von Daniel Keel

Dieser Band vereinigt Walsers Aufsätze über Kunst und Künstler, seine Gedanken über Talente, Könner und Dilettanten und nicht zuletzt seine Studien über Balzac, Baudelaire, Beardsley, Brentano, Büchner, Čechov, Cervantes, Cézanne, Dickens, Dostojewskij, Dumas, Eichendorff, Goethe, Gotthelf, Hauff, Hebel, Hölderlin, Jacobsen, Jean Paul, Keller, Kleist, Körner, Kotzebue, Lenau, Lenz, Thomas Mann, Maupassant, Meyer, Molière, Mozart, Poe, Raabe, Rimbaud, Rousseau, Scheffel, Schiller, Shakespeare, Stendhal, Stifter, Van Gogh, Verlaine, Watteau und viele andere mehr.

»Man kann ihn nicht ernst genug nehmen.«
Neue Zürcher Zeitung

Joachim Ringelnatz im Diogenes Verlag

1883 in Wurzen geboren, zeigte Hans Bötticher, der sich später Joachim Ringelnatz nannte, schon in der Kindheit Spürsinn fürs Abenteuerliche und Skurrile. Nach der Schulzeit fuhr er vier Jahre lang als Schiffsjunge und Matrose zur See und machte den ersten Weltkrieg als Kommandant eines Minensuchbootes mit. 1920 taucht er in der Münchner Boheme auf und rezitiert im ›Simpl‹ der Kathi Kobus. Dort entdeckt ihn Hans von Wolzogen für seine Berliner Kleinkunstbühne ›Schall und Rauch‹. Entscheidenden Erfolg erringt Ringelnatz mit den *Turngedichten* und den Liedern vom Seemann ›Kuttel Daddeldu‹. Als reisender Artist trägt er überall seine Verse vor und wird zu einem Klassiker des deutschen Humors. 1933 Auftrittsverbot und Beschlagnahme seiner Bücher. Völlig mittellos geworden, stirbt er 1934.

»Jemand schrieb einmal über Ringelnatz: ›Er hat den Stein der Narren entdeckt (welcher dem der Weisen zum Verwechseln ähnlich sieht).‹ Der Jemand war ich, aber die Formel hat trotzdem ihre Richtigkeit. Joachim Ringelnatz war rundherum ein absonderliches Exemplar Mensch, in Erscheinung und Wesen, in seinem Leben und Dichten. Ein Eulenspiegel, wenn auch einer aus Sachsen, mit koboldischer Lust am Durcheinanderbringen von Sinn und Unsinn. Sein Humor hatte eine derbe und eine sublime Seite, und unnachahmlich bleibt die geistige Grazie, mit der er von der einen zur anderen hinüberwechselte.«
Alfred Polgar

»Ein adliger Schwärmer edler Art mit einem Dichterherzen und einem kleinen Vogel im ritterlichen Kopf.«
Hermann Hesse

»Wer hat so viel Achtung und Liebe vor fremdem Leben, vor der fremden Fülle, der Wichtigkeit der andern, den Mikrokosmen der andern ...?«
Kurt Tucholsky

Das Gesamtwerk in sieben Bänden in Kassette
Herausgegeben von Walter Pape

Kuttel Daddeldu
Gedichte

Gedichte und Prosa
in kleiner Auswahl

Die wilde Miß vom Ohio
und andere ungewöhnliche Geschichten. Mit 42 Handzeichnungen von Joachim Ringelnatz

Als Mariner im Krieg

Das Ringelnatz Lesebuch
Herausgegeben von Daniel Keel. Mit einem Nachwort von Anton Kuh

Sämtliche Gedichte

Sämtliche Erzählungen

Sämtliche Erzählungen und Gedichte
in zwei Bänden im Schmuckschuber

Ich habe dich so lieb!
Die schönsten Liebesgedichte. Herausgegeben von Daniel Keel und Daniel Kampa

Meistererzählungen
Ausgewählt von Winfried Stephan

Das große Ringelnatz-Buch
Die schönsten Gedichte und Geschichten mit vielen Bildern von Tatjana Hauptmann

Lesebücher im Diogenes Verlag

Das Diogenes Lesebuch russischer Erzähler
(vorm.: Diogenes Anthologie russischer Erzähler) Von 1800 bis zur Gegenwart. Deutsch von Johannes von Guenther. Mit einem Nachwort von Heddy Pross-Weerth

Wer reitet so spät durch Nacht und Wind
Die schönsten deutschen Balladen von Gotthold Ephraim Lessing bis Erich Kästner. Ausgewählt von Christian Strich

Das Čechov Lesebuch
Herausgegeben, kommentiert und mit einem Vorwort von Peter Urban

Das Dürrenmatt Lesebuch
Herausgegeben von Daniel Keel. Mit einem Nachwort von Heinz Ludwig Arnold

Das James Joyce Lesebuch
Erzählungen aus ›Dubliner‹ und Erzählstücke aus den Romanen. Aus dem Englischen von Dieter E. Zimmer, Klaus Reichert und Hans Wollschläger. Mit Aufzeichnungen von George Borach und einer Betrachtung von Fritz Senn

Das Erich Kästner Lesebuch
Herausgegeben von Christian Strich

Niklaus Meienberg
Heimsuchungen
Ein ausschweifendes Lesebuch

Das Ringelnatz Lesebuch
Herausgegeben von Daniel Keel. Mit einem Nachwort von Anton Kuh

Das Simenon Lesebuch
Erzählungen, Reportagen, Erinnerungen. Ein Querschnitt durch das Gesamtwerk. Enthält u.a. ›Briefwechsel mit André Gide‹ und ›Brief an meine Mutter‹. Mit Chronik und Bibliographie. Herausgegeben von Daniel Keel, Barbara Bauer und Anna von Planta. Dritte, erweiterte und verbesserte Auflage 2002